다른 생의 피부

오를레앙, 파리, 서울 그리고 시

다른 생의 피부

오를레앙, 파리, 서울 그리고 시

펴낸날 2023년 1월 30일

지은이 클로드 무샤르
옮긴이 구모덕
펴낸이 이광호
주간 이근혜
편집 윤소진 김필균 이주이 허단 방원경 유하은
마케팅 이가은 허황 이지현 맹정현
제작 강병석
펴낸곳 ㈜문학과지성사
등록번호 제1993-000098호
주소 04034 서울 마포구 잔다리로 7길 18(서교동 377-20)
전화 02)338-7224
팩스 02)323-4180(편집) 02)338-7221(영업)
대표메일 moonji@moonji.com
저작권 문의 copyright@moonji.com
홈페이지 www.moonji.com

ⓒ 클로드 무샤르, 구모덕, 2023. Printed in Seoul, Korea
ISBN 978-89-320-4128-5 93860

다른 생의 피부

오를레앙, 파리, 서울 그리고 시

클로드 무샤르 지음
구모덕 옮김

문학과지성사

무샤르, 서쪽에서 온 고운 스파이[1]

정과리
(문학평론가)

1. 세계 문학의 지형 안에서의 한국 문학의 미미함

클로드 무샤르 선생은 한국 문학을 해외에 알리는 데 큰 역할을 하신 분이다. 이 말이 품은 함의는 크다. 그것은 아주 긴 세월 동안 한국 문학이 세계 문학의 변방에서 '확철부어' 꼴로 쪼그리고 있었다는 사정과 연관되어 있다.

지리상으로 한국은 '극동'에 속해 있다. 세계 지식의 지리정치학을 주도하는 유럽과 미국으로부터 아주 멀리 떨어져 있다. 그러나 극동에 한국만 있는 건 아니다. 동아시아의 세 나라는

---

1   이 글을 쓰기 위해, 무샤르 선생과 막역한 교류가 있었던 서울시립대 법학과의 김희균 교수, 현 한국문학번역원 원장 곽효환 시인, 번역가이자 비교문학 연구자인 주현진 박사와 긴 통화를 하여, 필자가 가진 정보를 점검하고 새 정보를 얻어 들었다. 그들이 제공한 정보가 이 글에 반영되었음은 물론이다. 이 자리를 빌려 세 분에게 감사의 마음을 표한다.

20세기 후반기부터는 세계 경제와 정치에서 중요한 역할을 해오고 있다. 이 나라들 중, 중국과 일본은 문화적으로도 강국의 지위를 누리고 있다. 중국은 과거의 전통 사상과 문학으로 세계 문학의 중요한 시원적 배경을 이룬다. 19세기 후반 일본 민화가 서양 인상주의 회화에 촌철의 영향을 준 이래, 일본은 줄곧 서양과의 교류를 확대하였다. 일본의 시 형식, 하이쿠는 아주 광범위한 수용-생산자 층을 만나서, 현재 하이쿠를 읽고 짓는 세계인은 8백만에 이른다.

그에 비해서 한국 문화와 한국 문학은 어땠는가? 그냥 아무것도 없었다고 말할 수밖에 없는 처지였다. 그 사정은 오늘날 대중문화를 제외한 한국 문화와 문학에도 거의 비슷하게 적용된다. 한국이 OECD의 일원이 될 정도로 경제성장을 이룬 지금도 마찬가지다.

프랑스 유학생 홍종우가 1892년 『춘향전』을 『향기로운 봄 *Printemps parfumé*』이란 제목으로 번역하여 한국 문학을 처음 알리긴 했으나, 소수의 한국학 연구자들의 학문적 관심을 제외하면, 한국 문화와 문학은 일반 독자의 취향으로부터 '에덴의 동쪽' 너머에만 위치하고 있었다.

한국 문학이 세계에 알려지기 시작한 건 한국 경제가 중진국으로 올라가던 1990년대 초엽이었는데, 불문학자 최윤과 파트리크 모뤼스Patrick Maurus가 이청준, 이문열 등의 소설을 불어로 번역·출판하기 시작한 게 계기가 되었다. 『르 몽드』지 1990년 9월 28일 자에 「마법사 이문열*Magique Yi Munyol*」이라는 서평 기사가 실리며, 한국 문학이 프랑스 독자에게 인지되

기 시작하였다. 그 후, 주식회사 교보가 '대산문화재단'을 설립
(1992)하고, 문화관광부가 '한국문학번역원'을 설립(1996; 설립
당시 이름: 한국문학번역금고)하면서, 한국 문학의 번역과 해외
소개를 조직적으로 행하는 민간·국가 기구가 발족하였으며, 이
를 통해 많은 번역자들이 배출되고, 한국 문학작품들이 해외에
서 출판되었다.

그러나 한국 문학작품-번역-해외 출판의 세 고리 연결망은 오
로지 작품 생산에만 관여할 수 있을 뿐이다. 이 연결망의 작동을
통해 생산된 작품은 독자와 만남으로써만 의미를 얻을 수 있다.
생산의 연결망과 짝을 이루며 수용의 세 고리 연결망이 또한 요
구되는 것이다. 즉 번역된 작품-유통 구조-독자의 네트워크를
활성화시켜야 하는 것이다.

문제는 이 연결망의 핵심 매개인 '유통 구조'가 한국 문학을
흡인하는 힘이 클 수가 없었다는 점이다. 그 흡인력에 보태어지
는 힘은 아주 다양한 방향에서 들어온다고 할 수 있는데, 아마도
작품의 가독성(도착국 언어와의 호환성), 질적 평가(독자에 따라
서 엄청난 편차를 가지고 있다), 문학적 취향, 작품 내용의 시사성
또는 고유한 특성, 그리고 인간 일반의 심성에 작용하는 흥취 등
이 비교적 중요한 요인일 것이다. 그런데 이 이질적 힘들의 대부
분은 실제로 오랜 상호 적응 기간을 필요로 하는 것이어서, 한국
에 대한 인지도가 낮은 상황에서 그 흡인력은 취약할 수밖에 없
었다. (필자가 프랑스에 체류하던 2006년 가을~2007년 여름에도
'삼성'을 일본 기업으로 알고 있는 프랑스인이 상당수였다.) 게다가
최종적으로 작품의 수명을 결정할 수 있는 '질적 평가'는 평가

기준의 스펙트럼이 지나치게 넓다.

2. 한국 문학을 읽을 줄 아는 '눈'을 가진 외국인

요컨대 이런 물리적 요인들보다 더 중요한 게 있으니, 그것은
이 동인들을 집중된 힘으로 끌어모으고자, 자발적으로 나선 특
정인의 의지와 실천이었다. 실제로 1990년대 이후 21세기 초
엽까지 한국 문학을 해외에 소개하는 데 적극적인 노력을 보여
준 외국인들이 있는데, 가령 노벨문학상 수상자인 소설가 르 클
레지오Le Clézio, 정신분석 문학비평가 故 장 벨멩-노엘Jean
Bellemin-Noël, 동아시아 학자이자 엑상프로방스에서 한국 문학
전문 출판사 드크레셴조를 운영하는 장-클로드 드크레셴조Jean-
Claude de Crescenzo, 그리고 지금 독자가 읽고 있는 책의 저자인
클로드 무샤르이다.

이분들의 헌신적인 노력에 의해서 한국 문학은 1990년대부터
2010년에 이르기까지 프랑스를 거점으로 꾸준히 세계에 자신을
알리는 작업을 진행할 수 있었으니, 그들이 한국 문학을 전파하
기 위해 들인 발품과 구사한 언어들과 교류한 사람들의 수는 모
두 한국 문학의 가치를 가리키는 지표가 되었으며, 한국 문학을
세계 문학의 자원으로 전환하기 위한 정보 데이터로서 축적되
었다.

이들의 노력이 시작되기 위해서는 제유적이거나 환유적인 특
정한 만남의 계기가 작용하는 것 같다. 클로드 무샤르 선생은

1990년대 후반에 파리8대학의 교수로 재직하던 중에 지도 학생으로 받아들인 한국인들로부터 한국의 시를 접하기 시작했다. 김희균, 김창겸이 한국 시를 불어로 번역해 왔고, 그것을 읽은 무샤르 선생은 프랑스 시에서 소진되었던 활력을 한국 시에서 발견하고 놀랐으며, 그 충격은 한국인 제자들과 본격적인 번역 작업을 하는 동력이 되었다. 그 작업의 결과를 무샤르 선생은, 프랑스의 시인 고故 미셸 드기Michel Deguy와 함께 편집하던 시 계간지 『포에지Po&sie』(여기서 &는 불어이기 때문에 '에'로 읽어야 한다)에 한두 편씩 게재하다가, 1999년 제88호에 '한국 시 특집'을 기획하고 이상, 고은, 황동규, 조정권, 이성복, 기형도, 송찬호 등의 시를 번역 수록하면서 한국 시의 전체적인 모습을 알렸다.

이러한 활동이 서서히 한국에 소개되기 시작했고, 대산문화재단 및 언론에서 무샤르 교수를 초청해, 프랑스인이 바라보는 한국 시의 모습과 특성과 가치에 대해 발표할 기회가 점점 더 증가했다. 같은 해, 대산문화재단의 후원으로, 당시 프랑스 문학 독서 공간에서 『예언자』와 『당신들의 천국』으로 문학적 가치를 발하고 있었던 소설가 이청준을 오를레앙 집으로 초대하여, 문학과 사회에 대한 대담을 나누었으며, 이어서 이청준 선생이 무샤르 선생을 초대하여 이청준 선생의 고향에서 '장흥 문화 탐방'을 하기에 이르렀다.

21세기 들어, 무샤르 교수의 활동은 더욱 양과 힘을 더해갔다. 2000년 초엽에, 나중에 이상과 앙리 미쇼Henri Michaux를 비교한 논문으로 박사학위를 받을 주현진을 지도 학생으로 맞이하는

데, 주현진은 차후 무샤르 선생의 한국 방문이나 한국 문인들의 프랑스 방문에서, 통역을 거의 전담하면서 한불 문학 교류에 중대한 공헌을 했다. 이는 무엇보다도 무샤르 선생으로부터 체계적이고 심도 있는 문학 수업을 받음으로써, 한국 문인과 무샤르 선생 사이의 대화를 정확하면서도 문학적으로 통역할 수 있는 능력이 출중해졌기 때문이다. 또한 무샤르 교수는 주 박사를 통해 시인 김혜순을 알게 되어, 그 후 김혜순은 무샤르 교수의 가장 '주목해야 할' 시인이 된다. 필자는 이 만남이 오늘날 김 시인의 세계적 위상에 밑거름으로 작용한 게 틀림없다고 생각한다.

필자와 무샤르 교수와의 만남은 주현진 박사를 매개로 시작되었다. 주현진 박사는 필자의 충남대학교 재직 시절에 불문학을 전공하던 제자였기 때문이다. 그가 나에게 연락을 하여 무샤르 선생과 인사를 하게 되었다. 만남 이후, 필자는 무샤르 선생과 함께 한국 문학을 세계에 알리는 작업을 하게 되는데, 그중 대표적인 것만 고르면 다음과 같다.

첫째, 2008년 무샤르 선생은 부인 엘렌Hélène과 함께 내한하여, 시인 황지우를 만났다. 이때 철학자 고故 박이문 선생, 주현진과 더불어 황지우의 고향 해남에 방문했다. 승합차를 타고 서울에서 해남까지 내려갔는데, 차 안에서 한국 문학과 세계 문학에 대한 아주 다양하고도 깊은 대화가 있었다. 그때 필자는 무샤르 선생의 문학관과 정치관, 그리고 사람 그 자체에 대해 알게 되었고, 깊은 인상을 받았다. 해남의 한 여관에서 그는 한국식 취침 양식을 체험하였으며, 해남 대흥사의 범종 소리에 엘렌은 숭고한 영적 분위기에 젖어들기도 했다.

둘째, 같은 해 연세대학교 국어국문학과 BK사업의 일환으로 무샤르 선생을 초대하여, 그로부터 '다른 생을 살갗으로 접하며 *Avec la peau d'une autre vie*'라는 제목의 강연을 들었다. 이때 그는 "시가 번역이 불가능하다는 건 일리가 있는 말이다. 하지만 번역이 없었다면 우리가 어떻게 만날 수 있었겠는가"라는 말을 함으로써, '번역'의 인류사적 의미를 날카롭게 짚어냈다.

셋째, 그러나 무엇보다도 가장 중요한 만남은, 2012년 무샤르, 필자, 주현진의 공동 편집으로 『포에지』 139~140호에서 '한국 시 특집'이라는 축제를 아주 풍성하게 치른 일이다. 이때 한국 시인 27명을 비롯하여 한국의 평론가 6명과 프랑스 비평가 5명 그리고 소설가 이인성, 영화감독 이창동이 특집에 참여했다. '해방' '투쟁' '생존' '분화' '만남'이라는 다섯 가지 화두를 중심으로 다양한 한국 시와 한국 문학의 목소리를 발함으로써, 말 그대로 한국 시의 현황을 총체적으로 선보이는 작업을 하였다. 또한 정현종 시인이 직접 손으로 쓴 '시'가 잡지 표지를 장식함으로써 한글이 지닌 아름다움의 구경究竟을 보여주었다. 무샤르 교수는 이 특집을 통하여, 강정과 심보선의 시에 주목하게 되었는데, 두 사람은 그날 이후, 무샤르 교수의 집을 오가며 깊이 교류한 것으로 알고 있다.

넷째, 『포에지』의 '한국 시 특집'을 기념하여, 프랑스 루아르 Loire 지역의 성, '샹보르성Château de Chambord'에서 한국 시와 프랑스 대중의 만남이 있었다. 무샤르, 황지우, 김혜순, 주현진, 강정 그리고 필자가 참여했다. 레오나르도 다빈치가 설계에 깊숙이 관여했다고 알려져서, 프랑스에서 최고의 성으로 꼽히는 이 유서 깊은 성의 한 방에서, 르네상스 시기에 제작된 옛 의자에 앉아 시를 낭송하고 한국 시에 대해 말하며 대중과 대화하였으니, 이는 실로 한국 시인들이 프랑스의 역사를 비행선 삼아 황금 문화의 낙원 위를 비행하는 기분이었다. 게다가 청중이 2백 명 이상 몰려온 것으로 기억나는데, 일부러 동원한 것도 아니고 그저 성에 관한 팸플릿을 보고 왔다고 하니, 프랑스 사람들의 문학 사랑에 감동받은 건 물론이고, 한국 시에 대한 그들의 큰 관심을 목격하고 자부심이 솟기도 하였다.

덧붙이자면, 샹보르성의 행사 다음에 무샤르 선생의 오를레앙 집에서 동네 지인들을 초대해 얘기를 나누면서, 곽효환 시인이 자신의 시를 낭독하였는데, 그걸 들은 프랑스 손님들이 내용은 알 수 없어도 한국어의 리듬이 매우 인상적이라는 의견을 주었으니, 특기할 만한 사항이라고 생각한다.

그 외에도 다양한 일들이 있었는데, 이 모든 일이 무샤르 선생의 '신심'과 '열정'에서 비롯된 것이었다. 이는 무엇보다도 한국 시의 특별한 면모에 대한 무샤르 선생의 발견으로부터 비롯된 것이지만, 궁극적으로는 자신의 발견을 보편적 동의로 만들고 그 이해를 심화, 확장하고자 하는 의지의 실천으로 이어감으로써 값진 결과들을 얻게 된 것이라 할 것이다. 그의 헌신은 결국, 변방의 한국 문학을 세계 문학의 독자적인 한 단위로 등록시키고자 하는 오래된 염원에 중요한 초석을 놓은 일로 문학사에 기록될 것이다.

3. 무샤르의 문학관과 사람 모습

무샤르 선생과의 만남을 이어가면서 필자는 여러 부분에서 그에게 감동을 받았다. 그 감동이 필자의 무샤르 이해에 고스란히 옮겨졌다. 무샤르 교수가 한국 시를 발견한 것은 무엇보다도 그의 문학적 감수성에 의한 것이다. 그 문학적 감수성은 어떻게 형성되었으며, 그의 문학관은 무엇이라 말할 수 있을까?

이 까다로운 질문에 미숙하게나마 답을 해야 할 의무감을 느낀다. 문학인으로서 한 사람의 외국인을 만난다는 것은 또 하나의 문학관을 내 몸속에 들인다는 것과 동일하다.

간단히 말해서 나는 그의 문학관을 '범인류애적 전위주의'라고 정의해본다. 그는 정치적으로는 급진주의자이며 문학으로서는 최첨단의 언어 실험을 동반하는 전위적인 글들(장르에 개의치 않는)을 써왔다. 그의 정치적 급진주의는 두 가지 원천을 가지고 있다. 하나는 그가 메를로-퐁티의 제자였던 철학자, 클로드 르포르Claude Lefort의 제자라는 것이다. 클로드 르포르는 현상학적 급진주의에 해당한다고 말할 수 있는데, '현상학적'이라는 어사가 그를 통상적인 마르크스주의로부터 구별해준다. 한데 그렇다고 해서 그의 마르크스적 지향이 행동과 실천을 배제하는 것은 아니다. 오히려 현상학에 공감하는 사람들은 정통 마르크스주의보다 더 실천적이다. 왜냐하면 그들은 교리에 근거하지 않고 상황과 관계에 근거해서 현재의 존재 상태를 판단하며, 현상학적 관점에서 현재의 존재 상태는 끊임없이 다른 상태를 향해 나아가고자 하기 때문이다. 무샤르 교수는 르포르의 현상학적 급진주의를 그대로 이어받은 것으로 보인다. 무샤르의 정치적 입장의 다른 원천은 그가 68혁명 세대라는 것이다. 그는 당시 파리 8대학에 있었던 68학생혁명의 점거 농성장을 혁명 기간 내내 그의 애인 엘렌과 함께 머물렀다. 무샤르 교수는 내게 애인이 훨씬 급진적이었다고 고백한 적이 있지만, 그도 만만치 않았을 것이다. 그렇다면 68혁명이란 무엇인가? 나는 그것을 가장 이성적인 방식으로 비이성(현실에 대한 육체적 관계 및 개입)을 실행하여, 굳어버린 이성을 무너뜨린 일이라고 생각한다. 그것은 1차세계대전 이래 '서양 이성의 몰락'에 대한 반성을 극단으로까지 밀고 간 태도이면서 동시에 그보다 앞섰던 초현실주의의 정치적 실패를 만회하는 것이었다. 바로 그러한 '반이성적 이성주의'를 요약하는 명제가 "금지를 금지하라"라는 절묘한 구호이다.

그런데 무샤르는 문학적으로는 전위를 지향했다. 그의 전위성은 다음과 같은 그의 시를 일별하기만 하면 금세 느낄 수 있다.

"나는 혼자 있고 싶지 않아" 칼레드는 말했지.
저 말을 나는 듣고 또 듣네…… 저 목소리, 웅웅거리고, 오돌도톨하고,
오늘의 근친보다도 더
무한 친숙해.

*

혼자가 아니지만 길 잃은 자라면

그건 마치 그의 고통과 타자의 고통이

제3의 고통을 분만하는 것과 같아.

─블라디미르 홀란, 「전진하는 행렬」(사비에 갈미슈가 번역) 부분

*

그저 미끼일 뿐이야, 저 줄글들은, 요동 속에 던져진.

너무 빠르거나 너무 늦었어.

여기 오늘은 그저

"이른 대로 거두어지리로다"

─「칼레드, 혼자야?」 부분(『포에지』 152호, 2015, p. 10)

　언어의 규칙성을 마구 흩어버리는 이런 전위성은 어디에서 오는 것일까? 필자는 그것이 그의 태생적 자유로움이 "금지를 금지하라"라는 정치적 급진주의와 결합한 데서 온다고 본다. 그의 자유롭고자 하는 성향이 어디서 연유하는지는 잘 모른다. 다만 그것을 증명하는 표지들은 있다. 하나는 그가 열 살 때 빅토르 위고의 시를 처음 접해서 문학에 입문했으나 위고에게서 '무시무시한 것'만을 보았고 열다섯 살에 앙리 미쇼의 시를 접한 후 "일생 동안 앙리 미쇼에 대한 글을 써왔다"는 것이다. 이것은 그가 국민문학으로 들어와서 자유로운 문학으로 빠져나갔다는 것을 의미한다. 다른 하나의 표지는 그가 프랑스의 최고 수재들을 뽑는 '파리고등사범' 준비반에 들어갔다가 2년 만에 중퇴했다는 것이다. 중퇴의 이유는 그곳에서 가르치는 문학에 환멸을 느

껴기 때문이라고 한다. (이 내용들은 2011년 '창원KC국제시문학상' 수상을 계기로 내한하여, 『서정시학』 2011년 봄호에서 최동호, 필자와 행한 좌담 「시와 정치, 언어의 가능성에 대한 탐구」에 담겨 있다.)

그러니까 그는 문학을 전면적인 자유와 동일시하고 있었고, 그것이 그를 전위 문학으로 이끌었다고 나는 짐작한다. 이 정치적 급진주의와 문학적 전위주의가 결합한 곳에 그의 범인류애가 작동한다. 그는 모든 차별에 반대하였고, 고난받는 자를 거두어 집에서 보살피는 일을 쉬지 않았다. 필자도 인사를 나눈 적이 있는 아이티의 시인, 고故 장 메텔뤼스Jean Metellus나 앞의 시에 등장하는 칼레드 모두 정치적 망명 혹은 난민 상황이라는 고난에 처해서, 그의 집에서 장기간 머무르곤 하였다.

무샤르 교수의 문학적·정신적 면모를 이상과 같은 방식으로 풀이할 수 있다면, 이는 그의 한국 문학 비평에도 고스란히 투영될 것이다. 스포일링은 필자가 원치 않으며 독자 또한 그러하리라고 생각하노니, 어서 이 책의 본문을 읽으시기를 권하는 바이다. 여하튼 무샤르 교수의 범인류애적 전위주의는 세계 문학 및 인류의 공진화를 위해서도 소중한 태도이지만, 동시에 그 태도가 한국 문학을 향하면서 산출한 글들은 단순히 '외국인이 쓴 한국 문학 비평'이라는 희귀성에 대한 흥미를 넘어서서 매우 소중한 한국 문학 연구의 참조 자산이 될 것이다. 필자는 무샤르 교수와의 인연을 생각해서, 직접 한국어로 된 무샤르 비평서를 만들어드리고 싶었으나 내 사정이 허락지를 않아서 늘 송구한 마음이었다. 다행히도 구모덕 선생이 정성을 기울여 대망의 책을 내게 되었으니, 번역자에게 심심한 사의를 표하는 바이다.

4. 그 이름은 스스로 영원하리

마지막으로 무샤르 교수의 이름에 대해 한마디 하고자 한다. 왜냐하면 그 성의 어간을 이루는 '무슈mouche'는 '하찮은 날벌레'라는 뜻도 있고 '핵심에 해당하는 점'이라는 뜻도 있는 양가성이 양극성에 가까운 어사이기 때문이다. 게다가 어원은 아주 다르지만 '수염'이라는 뜻의 '무스타슈moustache'와도 어감상 모종의 연관이 있을 것 같은데, 아니나 다를까, 'moustache'가 흔히 입술 위로 난 콧수염을 가리킨다면 'barbe mouche'는 아랫입술 아래에 난 솜털을 가리킨다. 그래서 필자는 짓궂은 호기심이 일어서 그이에게 성의 기원을 물은 적이 있는데, 무샤르 선생은 자신도 잘 모른다면서 그건 자신이 귀족 태생이 아니라는 뜻과 같다는 식으로 대답했었다. 그의 태생적 자유로움과 범인류애는 서민 출신이라는 사실에서 오는 것일까? 하지만 그의 집에는 지체 높은 집안 출신으로 무샤르 교수와 하는 일이 유사한 분이 계시기 때문에 그런 판단은 적의하지 않은 것 같다. 그이의 평생 반려인 엘렌은 비시정부에 의해 희생당한 옛 교육문화상장 제Jean Zay의 따님이시다. 엘렌은 오를레앙시의 부시장을 비롯해 공적이거나 사적인 공공사업, 특히 인권과 관련된 사업을 오래 했고, 필자가 마지막으로 만난 2014년에는 독일 점령기 중 프랑스인에 의해 저질러진 유대인 학대 및 고발에 관한 자료들을 수집·전시함으로써, 파시즘에 대한 프랑스인들의 책임을 돌이켜 생각하는 운동을 벌이고 있었다. 따라서 오를레앙의 무샤르 씨 집에는 출신 성분과 아무런 관련 없이 범인류애를 북돋는 실천들이 나날이 전개되고 있다고 보아도 무방하다.

그러니 필자의 호기심은 아마도 '날아다니는 생물'과 '핵심이 되는 점'의 결합으로 마무리될 것 같다. 무샤르 교수가 우리 삶의 진정성에 대해 묻고 프랑스와 한국을 자주 날아다니면서, 인간과 생명을 함께 낮은 곳에서 높은 곳으로 북돋는 사업을 펼쳐 보임으로써, 그이가 그렇게 "나비처럼 날아서 벌처럼 쏘아" 뚫어 놓은 해방의 점들이 은하수처럼 넓고 긴 강을 이루는 모습을 상상하는 것이다. 그 상상은 선생의 한결같은 삶의 태도와 실행으로 곧바로 입증되곤 했으니, 상상이 현실이 되면 현실이 상상의 날개를 타고 비상하는 법이라, 이번 책 역시 한국 사회와 한국 문학이라는 리얼리티에 집중해, 그로부터 세계인의 자유와 해방의 지평을 여는 일로 이어지는 운동에 또 하나의 추진력을 보태는 일이 되리라 믿어 의심치 않는다.

차례

일러두기

○ 이 책에서 다룬 한국 문학작품은 프랑스에서 번역·출판된 것을 대상으로 한다. 단, 책의 본문에서 작품을 인용할 경우에는 국내 출판본을 따르고 그 페이지를 표기했다. 지은이가 참고한 한국 문학작품은 본문 맨 끝에 배치해 독자의 이해를 도왔다.

○ 별도의 표기가 없는 본문의 주는 옮긴이의 것이다. 저자 주는 괄호 안에 '원주'라고 표기했다.

한국의 희미한 불빛 언어들

"당신이 당신 자신을 믿지 못하기에 나는 당신을 믿습니다."

서울의 한 카페에서 내가 김혜순 시인에게 프랑스 시 전문지 『포에지Poésie』의 두번째 한국 시 특집호를 준비하면서 느낀 스스로에 대한 의심과 두려움에 대해 털어놓았을 때, 그녀는 우정 어린, 따뜻한 목소리로 위와 같이 말해주었다.

나는 한국어를 하지 못한다. 그럼에도 불구하고, 주현진의 도움으로 한국 문학과 한국이라는 나라에 좀더 가까이 다가갈 수 있었다.

인생에서 후회되는 일 중 하나가 한국어를 배우지 않았다는 것이다. 무엇보다도 서울을 자유롭게 배회할 수 있었다면 좋았을 것이다. 한국어를 모르는 나는 서울의 지하철 안에서, 누군가가 말했던 것처럼 '말을 이해하지 못하고, 그저 말하는 것을 바라보는' 상황에 놓이곤 했다.

그렇기에 김혜순의 말은 나에게 소중했다. 몇 해 전, 나는 그
녀의 시를 먼저 영어 번역본을 통해, 그다음에는 프랑스어로 옮
기는 작업에 참여하며 읽게 되었고, 놀라움을 감출 수가 없었다.

＊

나는 주현진과 함께 『포에지』에서 마련한 두번째 한국 현대시
특집호를 준비했다.
내가 교수로 재직했던 프랑스 파리8대학의 프랑스 문학 및 비
교문학 학부에 불현듯이 나타난 한국 유학생들, 그중에서도 김
희균은 나의 질문에 답하며 내가 한국 시인들의 작품에 다가갈
수 있도록 도와주었다.
20년 전, 김희균이 내 눈앞에서 누구의 시를 번역하기 시작했
던가? 파리의 한 카페 안이었다. 그는 종이 위에 끄적거리며 무
엇인가를 써 내려갔다. 나에게 있어 그 순간은 어떤 엄청난 모험
의 시작점이 되었다. 이상의 시였던가? 프랑스어로 번역된 모든
이상의 작품은 숨을 멎게 만든다. 또는 기형도? 그의 모든 시는
떨리는 관계의 힘을 통해 어두운 음악을 들려준다.

＊

이 짧은 '서문'을 쓰는 일이 이상하게도 힘들게 느껴진다……
나와 한국 친구들, 한국 작품들과의 관계가 언제나 고정된 형태
를 거부하고, 끝없이 계속되기를 원했기 때문일까?

22

*

그때부터 강렬하고도 매서운 발견들이 이어졌다!

김혜순 작품의 규모와 힘을 느낄 수 있었고, 이후 황지우의 시와 산문에 다가갔다. 이원과 심보선, 강정 그리고 또 다른 많은 시인들의 작품에도.

잡지 출간은 오랜 시간에 걸쳐 진행되었다. 『포에지』는 1999년에 처음으로 한국 시 특집호를 출간했고, 2012년에 300쪽가량의 두번째 특집호를 선보였다.

*

오래전 나는 미국의 럿거스대학교에서 한 학기 동안 강의를 한 적이 있다. 대학에서 마련해준 맨해튼 한복판에 있는 숙소에서 자고 있는데 한밤중에 전화벨이 울렸다. 불안한 느낌에 사로잡혀 수화기를 들었다. 어떤 긴급한 일인 것일까?

"여보세요?"

"희균입니다!"

시차 계산을 잘못한 나의 한국 친구였다.

"희균, 나는 지금 뉴욕에 있는데 내 주위에는 온통 한국인뿐이오."

내가 머무는 숙소 근처의 식료품점과 식당의 주인, 그 모두가 한국인이었다. 일명 '리틀 코리아'라고 불리던 곳이었던 것이다.

"당신의 운명입니다!"

희균은 장난스러운 목소리로 예언했다.

그리고 우리는 웃음을 터뜨렸다.

*

　지금 이 자리에서 개인적으로나 독서를 통해 이루어졌던 만남, 한국과의 문학적 우정에서 비롯된 일련의 공동 작업, 그 모두를 열거할 수는 없을 것이다.

　하지만 이 책에 모여 번역된 글들이 그 만남과 우정의 결실이며, 또 다른 많은 텍스트가 기다리고 있다.

*

　"Mr. Mouchard, where are you?"

　깊은 밤중에 누군가 나를 불렀다. 제주도에서의 축제가 끝나갈 무렵이었다. 몇 년도였던가? 기억이 나지 않는다. 축제는 세계 시인들과의 만남으로 막을 내렸다. 참가자들은 젊은 가수들의 콘서트에 초대되었다. 콘서트에 가기 위해 나는 어떤 자동차에 올라탔는데…… 아는 사람이 없었다. 하늘로 올라가는 소리들만이 들렸다.

　"Mr. Mouchard, where are you?"

　계속해서 나를 부르던 그 소리는 점점 불안해졌다. 사람들이 다시 나를 찾았을 때, 부끄럽게도 내 얼굴은 눈물로 젖어 있었다.

24

*

"불 꺼지는 소리가 무섭소."

이청준의 말을 김희균이 프랑스어로 번역해준 그날 밤, 우리
는 어느 모텔 방에서 한국 술과 중국 술을 연거푸 마시고 있었
다. 우리 셋은 자동차로 남도 여행을 하는 중이었다.

여행을 떠나기 몇 달 전, 프랑스 오를레앙으로 김희균과 이청
준이 나를 찾아왔고, 우리는 초저녁부터 밤늦게까지 이야기를
나누었다. 다음 날 아침, 이청준은 비가 오는 정원에 나갔다가
조금 젖은 채로 다시 들어왔다. 그의 모습에서 빛이 났다. 그가
한 말을 김희균이 번역해주었다.

"인생은 60부터 시작이오!"

"불 꺼지는 소리가 무섭소."

어느 날 밤, 모텔에서 들은 그 말이 내 안에 깊이 새겨졌다.

이청준은 한국전쟁에 대한 기억과 어린 나이에 들은 끔찍한
총성에 대해 이야기했다. 그의 말을 듣는 동안 나는 어린 시절
에 느꼈던 공포, 러시아 시인 만델스탐Mandelstam이 '머나먼 한
국'이라 부르던 곳, 나와는 지구 반대편인 그곳에서 어쩌면 곧
전쟁이 일어나 세계대전으로 이어질지도 모른다는 소식을 들었
을 때의 공포감에 다시 휩싸였다. 이청준이 기억하는 그 소리는
1944년 오를레앙에서 어린 내가 때로는 아주 가까운 곳에서 들

었던 폭격 소리를 떠올리게 했다.

"불 꺼지는 소리가 무섭소."
나는 지금도 지나칠 정도로 차분한 이청준의 목소리를 듣는다.

불 꺼지는 소리가 무섭소

화가가 작은 개울의 물기가 거의 없는 평평한 바위 위로 미끄럼을 타는 동안, 다른 네 사람은 나무판 두 개를 밟고 건너간다. 그는 또 다른 경사면을 오르기 위해 잠시 가볍게 숨을 고른다. 다리가 하나인 그는 조악한 목발로 몸을 지탱한다.

비 내리던 10월의 어느 날, 밤은 일찍 찾아왔고, 우리는 더듬더듬 길을 찾아 헤매다가 다시 표지판이 세워진 신문 가판대 근처로 돌아온다. 예전에 이곳에 모였던 사람들은 누구인가? 바람에 흔들리는 가늘고 긴 대나무 소리 때문에 나는 통역을 하는 김희균의 설명을 잘 들을 수가 없었다.

두 시간 전, 나는 이청준, 김희균과 함께 화가 계산의 집에 있었다. 계산은 그의 스승이 붙여준 이름으로 강과 산을 의미한다고 한다. 그와 그의 아내가 사는 집에 가기 위해서는 꽤나 가파른 비탈길을 올라야 했다.

우리는 마루에 앉아 술을 마시다가 그가 그림 그리는 모습을 보앉다. 숨죽이는 바람과 밖에서 들려오는 낯선 새들의 울음소리. 나는 그에게 그림에서의 빠름과 느림에 대해 물으려 했던 가? 벽에 걸린 그의 작품 두 점을 바라보는 것만으로도 충분했다. 그의 그림에는 많은 시간이 담겨 있었다.

이청준, 우리를 화가 친구의 집에 데리고 간 그는 한국의 유명 소설가 중 한 명이며, 내가 프랑스 문학을 가르치는 파리8대학의 한국 유학생들이 가장 존경하는 작가이자 가장 많이 읽은 작품의 저자이다. 그의 소설 중 네 편이 불어로 번역되어 있다. 그의 연작소설 『서편제』는 영화로도 만들어져 프랑스 극장과 텔레비전에서도 볼 수 있다.

한국에 가기 몇 달 전에 나는 프랑스에서 이청준을 만났다. 언제나 갑작스레 찾아오는 김희균, 그가 내게 전화로 한국 소설의 거장, 이청준을 공항에서 만나 같이 이곳, 오를레앙으로 오고 있다고 알렸다.

그날 저녁부터 다음 날 아침까지 이청준, 김희균, 한국의 젊은 기자 한 명과 대산문화재단의 곽효환이 나의 집에 머물렀다. 내가 평생 동안 나누어온 그 모든 우정들과는 다른, 느닷없이 찾아온 뜻밖의 어떤 우정을 쌓기에 충분한 시간이었다.

서울에 막 도착했을 때, 나는 그 우정의 단단함과 관대함을 느끼기 시작했다.

한국에 가기 전, 김희균과 나는 『포에지』 한국 현대시 특집호를 발간했다. 그 덕분에 대산문화재단과 주한 프랑스 대사관의 초청을 받아 한국에 가게 된 것이었다.

한국 시 특집호는 서울에서, 특히 한국 언론으로부터 열렬한 환영을 받았다.

나는 한국 시인 열두 명의 작품을 함께 읽으며 우리가 조금씩 시도해온 것을 소개한 것뿐이었다. 초벌 번역을 읽으면서도 이미 충분히 '강렬한' 작품들을 만날 수 있었고, 그것은 나를 비롯한 다른 프랑스 독자들도 느낄 수 있는 어떤 새로움이었다.

여러 오해의 소지와 의심이 있을 수 있었다. 나는 대산문화재단의 곽효환, 젊고 유능한 그의 열의와 진심, 문학적 기지를 신뢰했다. 그리고 과묵하지만 짓궂고 조금은 아이러니컬한 이청준을 다시 만나는 일이 중요했다. 나는 이청준, 김희균과 함께 남쪽으로, 좀더 정확히 말하자면 남서쪽으로 자동차 여행을 떠났다.

산속 식당 안, 침묵 속, 화가와 화가의 아내, 이청준, 김희균과 나는 바닥에 앉아 있다. 얇고 하얀 칸막이로 나뉜 이곳 어딘가에서 한바탕 웃음이 쏟아진다. 밤에 도착한 까닭에 이 식당 부근에 어떤 다른 건물이 있는지 제대로 볼 수 없었다. 어쨌든 밖에는 비가 내리고, 바람이 불고 있었다.

이청준의 소설, 아니 적어도 내가 읽은 그의 번역 작품들 속 인물들은 난처한 태도로 타인의 말과 침묵, 그들 스스로의 예감이나 자신들의 말없는 생각에 대해 묻곤 한다.

지금 나는 내 옆에 앉은 이청준의 문장들 속으로 빠져들고 싶은 것일까? 하지만 그보다는 투명한 술이 든 잔을 들고 웃으며

불 꺼지는 소리가 무섭소 29

정신을 차려야 할 때다.

다시 침묵이 찾아온다.

침묵이 너무 오래 이어지는 것은 아닐까? 누군가 이곳의 소리와 오를레앙에 있는 나의 집 정원의 소리가 어떻게 다르냐고 묻는다. 이청준은 그 정원을 알고 있다.

나의 정원에 내리는 비는 다양한 형태와 재질로 만들어진 지붕 위로 떨어진다고 답한다. 한국에서는 이청준 덕분에 여러 색으로 채색된 기와를 눈여겨볼 수 있었는데 그중 청색 기와는 무척이나 아름다웠다.

잠깐, 그런데 내가 오를레앙에서는 지금 밖에 있는 것과 같은, 양념을 보관하기 위해 사용한다는 항아리 위로 비가 튀어오르진 않는다고 이야기했던가?

*

대화는 다시 자유롭게 이어진다. 아무런 말도 하지 않고 가만히 있던 나는 평온한 얼굴의 화가와 지성과 부드러운 배려심이 깃든 미소를 품은 이청준을 바라본다. 그가 다른 사람들과 다르게 느껴지는 것은, 그가 생각하는 방식, 어느 저녁 내게 들려주었던 어떤 '생각'에서 출발해 이야기를 만들어가는 방식이 그를 빚어놓은 듯하기 때문일 것이다.

나는 이해하지 못하는 말들을 조용히 듣고 있을 수 있다. 가끔씩 이해하지 못하는 말의 소리가 신뢰를 줄 때가 있다. 언젠가 본 밥 윌슨Bob Wilson의 연극 「귀머거리의 시선」에서 무대 한구

석에서 속삭이던 목소리들이 순수한 소리샘이 되어 솟구쳐 오르는 것을 보았다.

김희균은 그들이 나누는 이야기의 일부를 나에게 프랑스어로 다시 말해줬지만, 대화에 몰두한 나머지 모든 내용을 전해주지는 않았다. 나는 서로에 대한 그들의 신뢰를 남용하고 싶지 않았을 뿐만 아니라, 내가 이해할 수 없는 사적인 이야기들을 엿들어 손에 넣고 싶지도 않았다.

몇 시간 후, 무등산에 있는 첫번째 모텔에 우리는 도착했다. 고맙게도 화가와 그의 아내가 다시 한번 우리의 동행이 되어주었다.

이청준의 방에서 나는 그에게 또, 아마도 틀림없이 너무나 진지한 모습으로, 그의 소설에 대해 질문하려 하지 않았을까? 프랑스로 돌아온 후, 그때의 기억들이 머릿속에 뒤섞인다.

나는 그의 작품이 스스로 몸을 숨겼다가 다시 나타나 스스로에게 질문을 던진다고 자주 생각했다. 왜일까? 그의 작품이 정치·종교·공동체의 문제를 심도 있게 다루며 스스로의 힘을 시험하고자 하기 때문이 아닐까?

늦은 밤, 방으로 돌아올 때까지 이런 이야기를 꺼내지는 않았다.

언덕의 회색빛, 잠들려고 애를 쓰자 아침에 본 회색빛 언덕이 다시 눈앞에 어른거린다. 돌의 형태와 빛깔. 백양사는 사방이 돌이었다. 제각기 다른 시기에, 다른 모습으로 만들어진 수없이 많은 부처의 형상과 사탑이 땅으로 연결되어 있었다.

잠이 드는 동안 다시 그곳의 풍경을 본다. 길, 비탈, 구렁, 언덕에서의 구두점과 긴장감. 어느 한 건물의 희미한 빛 속에서 순간 모습을 드러낸 천 개의 하얀 부처 형상이 떠오른다. 여러 층에 걸쳐 서로 다른 모습으로 재미나게 앉아 있던 셀 수 없이 많던 작은 부처들. 비가 내리는 동안, 서투른 생각과 질문이 내 머릿속을 맴돌고 서로 부딪치다 길을 잃는다.

다음 날 아침에는 날씨가 개었던가?

모텔 로비에서 이청준은 조금 조급해 보인다. 우리는 서둘러 출발해야 한다. 맑게 갠 하늘 아래, 아무도 없는 어느 절로 그가 우리를 데리고 간다.

이곳에서도 기왓장이 올려진, 채색 장식된 목조건축물을 보며 어떻게 그것이 돌출되고, 경사지며, 움푹 팬 공간 사이를 버티고 있는지 느껴본다. 소나무와 전나뭇과의 수많은 나무와 내가 알지 못하는 여러 종류의 나무들……

서울에서 내려오는 길에 우리는 낮은 산 중턱, 나무가 정성껏 베어진 경사면에 풀이 무성하게 난 무덤들을 보았다. 김희균의 설명에 따르면, 그 무덤들은 '볼 수 있게' 만들어졌다고 한다. 죽은 이들이 계곡에 있는 집들, 사물들, 산 생명들을 볼 수 있도록. 그중 몇몇 무덤은 함부로 방치되거나 농촌과 도로의 공사 현장 가까이에 위험하게 노출되어 있었다.

밝은 모습으로, 지금 이청준은 어둠 속 반짝이는 금빛 불상 앞에서 조용히 천 모자를 벗는다. 그리고 어떠한 꾸밈 없이 두 손을 모은다.

우리는 인부들이 돌이나 나무를 다듬고 있는, 여러 공사 자재들이 바닥에 놓인 보수공사 현장을 거닐다가 가끔 스님과 마주친다…… 나는 언제, 어디에서 맑고 젊은 누군가의 목소리를 들었을까? 어슴푸레한 내부에서 언뜻 보이던, 불경을 외우던 그림자의 것이었을까?

연못의 아주 작은 섬, 이청준은 내게 모든 절의 연못에는 비슷한 섬이 있다고 말한다. 섬은, 이번 여행 동안 우리와 계속 함께하게 될까?

나흘 전, 비행기 안에서 다시 읽은 「이어도」는 끝없이 반사되기 위해 떠오르는 어떤 섬의 이중적인 이미지로부터 시작된다. 사실 그 '섬'은 존재하지 않거나 혹은 그 섬에 갔다가 돌아온 이가 없는 까닭에 누구도 그 존재를 증명할 수가 없다. 어찌되었든, 섬에 대한 생각(희망)은 인물들로 하여금 말을 하게 한다. 그리고 믿게 하며, 행동하게 하고, 그들 사이의 관계를 만들고 파괴한다…… 어떤 피할 수 없는 불확실한 환각과 같이.

*

어느 '판소리꾼'의 집으로, 같은 날 저녁, 우리는 좁은 길을 따라갔다. 이청준이 전화로 미리 우리의 방문을 알렸음에도 얼마 전에 아내를 잃었다는 그 남자는 우리를 보고 놀란 듯했다. 남자는 제자로 보이는 손님 한 명과 함께 있었는데, 그의 손님은 이제 막 자리를 뜨려는 참이었다.

그가 직접 수리를 했다는 나무로 된 간소한 공간과 피아노 근처에 쌓여 있는 북들. 우리는 차를 마시기 위해 작은 방으로 이동하고, 어리석게도 나는 차를 거절한다.

고속도로에서 이청준은 여러 차례 「서편제」 CD를 틀었다. 영화에서 송화는 자신의 눈을 멀게 하는 잔인한 아버지로부터 길고 고통스러운 교육을 받는다. 영화에서 이 배역을 맡을 배우를 캐스팅하기 위해 오디션이 열렸고, 대학에서 판소리를 전공한 학생이 발탁되었다고 한다. 내가 아는 음악가이자 음악 이론가이며 음악을 가르치는, 전문가의 말에 따르면, 임권택 영화가 시사하는 것처럼 판소리는 전혀 쇠퇴하지 않았으며, 오히려 새롭게 거듭나는 중이라고 한다.

노래는 이청준 소설에서 위험하고 거대한 실재성을 갖는다. 노래는 「그 노래를 다시 부르지 못하네」 또는 「서편제―남도 사람」에서 볼 수 있는 것처럼 부르는 사람들의 몸을 떠나갔다가 다시 돌아와 그들 사이에서 움직이고, 그들을 움직이게 한다.

마침내 산봉우리 너머로 뉘엿뉘엿 햇덩이가 떨어지고, 거뭇한 저녁 어스름이 서서히 산기슭을 덮어 내려오기 시작하자, 진종일 녹음 속에 숨어 있던 노랫소리가 비로소 뱀처럼 은밀스럽게 산 어스름을 타고 내려왔다. 그리곤 그 뱀이 먹이를 덮치듯 아직도 가물가물 밭고랑 사이를 떠돌고 있던 소년의 어미를 후닥닥 덮쳐버렸다.[1]

*

식당에서 일하는 한 여자의 슬픈 표정이 내 마음에 와닿았고, 약간의 술기운과 피로감에 나는 그만 상투적 감상에 빠져 그러한 나의 느낌에 대해 말하고 말았다. 다른 언어들과 마찬가지로 한국어에는 어떤 멜랑콜리를 표현하는, 번역하기 어렵기로 정평이 나 있는 단어가 하나 있다.

식당은 한적했다. 주인은 3주 전 이곳에 영국인 한 명이 왔었다고 말한다. 마룻바닥이 땅에서 약간 올라와 있다. 우리와 가까운 곳에서 소란스러운 언쟁이 벌어지고 있다. 갑자기 자리에서 일어나려 하는 여자 앞에 살찐 남자가 짧은 팔뚝으로 식탁을 시끄럽게 내려친다. 내가 다시 고개를 돌리자 다른 남자 한 명이 매섭게, 고개를 숙인 살찐 남자를 쳐다보고 있다. 내가 "꼭 황소와 같소"라고 말하자, 이청준은 조금은 연출된 나의 모습을 보고

---

1 이청준, 「서편제―남도 사람」, 『서편제』(이청준 전집 12), 문학과지성사, 2013, p. 17.

웃는다.

그날 저녁, 그곳에서의 시간이 물과 같이 흘러간다…… 한국에서의 나의 여행 전체가 흘러가는 것을 느낀다.

나는 이청준의 소설에 대해 또다시 묻고 싶은 것일까? 그에게로부터 그의 소설을 좀더 분명하게 읽는 법을 배울 수 있을까? 나는 좀더 신중해져야 할까 ―모든 거짓된 문학적 통합, 나쁜 문학적 '세계화'에 맞서?

두번째 모텔, 두륜산. 입구에 있는 나무로 만든 물건들, 니스 칠한 그루터기 식탁들, 화려한 색깔의 값싼 플라스틱과 천으로 덮인 가구들. 니스의 광택과 둥그런 형태가 비슷해서 나는 어떤 것이 진짜인지 가짜인지 구별할 수 없다. 보라색, 키치 스타일의 침대는 조금 과하다.

새벽 1시, 우리는 이청준의 방에서 너무 독하지 않은 투명한 소주, 소주보다 두 배는 독한 중국 술을 연거푸 마시며 대화를 이어간다.

이청춘의 소설 속 대화는 불안하고, 복합적이다. 다른 이들에 대한 이야기를 전하고 그들을 평가하다가 돌연 잔혹해지고, 극단적으로 행동하며, 파괴하거나 파괴될 수 있는 가능성에 접근한다.

권력, 이청준의 여러 인물들은 권력 문제에 대해 끊임없이 논한다. 『당신들의 천국』에는 많은 우려와 공격의 말들이 한센병 환자 5천 명이 사는 섬의 삶을 개선하기 위해 애쓰는 원장의 욕망과 능력을 좌절시킨다. 내가 알기로 이청준은 대학에서 독문학을 전공했는데 이 책의 1부 「사자(死者)의 섬」은 뵈클린Böcklin의 「죽음의 섬」이 아닐까?

이 소설에서 권력은 위험한 방식으로 나타나 사회에 잠재된 모든 열망들을 깨운다. 질투, 증오, 복수의 대상이 없어진 복수에 대한 욕망 그리고 배신. 공동체에서 떨어져 나온 '한 명'은 필연적으로 모순된 모습을 보인다. 그는 자발적인 의지와 절대 권력에 휩싸이기도 하고, 지나친 사랑과 미움을 받은 탓에 모두의 희생양이 되며, 자신을 희생해야 한다는 신념에 불타오르기도 한다.

『당신들의 천국』은 소설 내부의 긴장 관계를 통해 사회와 정치, 인간을 하나로 연결시키는 것에 대해 질문한다. 또한 불화와 극단적 분리의 문제를 다루며 극도로 어두운 잔혹함을 마주한다.

어느 날 밤, 헤어지기 전에 이청준이 건네주었던 「그 노래 다시 부르지 못하네」라는 한 남자와 한 여자의 은밀한 관계를 다룬 소설에서도 그러하다.

식사 도중, 이청준은 앞으로 쓸 소설과 관련해 그의 '생각들'

을 말해주었다. 나는 그것들이 사유적 의미뿐 아니라 음악적 의미도 갖고 있다고 생각했다. 그의 모든 글은 그가 움직이게 내버려둔, 그럼에도 계속해서 다시 돌아오게 되어 있는 무엇인가를 담고 있는데 그것은 마치 잠에서 완전히 깨어난 한 편의 시가 자신이 포착한 것의 주변을 두드리는 것과 같다.

*

"소리 안에서 변화하는 시각적 감각." 새벽 2시 무렵, 우리가 각자의 방으로 돌아가기 전에 그가 했던 말인가? 그는 자신이 보았던 처형의 순간들을 다시 생각하고 있는 듯했다. 내전이라는 관점에서, 둘로 나뉘어 피로 뒤덮인 한 세계의 분열, 한국전쟁을 의미한다. 어린 나이에 그는 강제로 처형의 순간을 목격해야만 했다.

프랑스 언론이 한국의 경제적·사회적 도약을 주목하고, 많은 한국인이 프랑스에 살고 있음에도 불구하고, 나는 다른 프랑스인과 마찬가지로 한국이라는 나라의 역사에 무지했기 때문에, 지난 세기 동안 한국이 겪은 수난들, 일제강점기와 한국전쟁, 그 이후에 계속된 폭력적이고 참혹한 독재의 시절에 대해 이청준에게 물을 수 없었다.

그의 소설에서는 무엇인가를 만들려는 자와 파괴하려는 자의 대립을 자주 볼 수 있다…… 이것이 내가 이해할 수 있었던 것의 전부인가?

한국 분단의 상처가 한국인에게 여전히 깊이 남아 있다는 사실을 모르는 사람은 없을 것이며, 이와 관련해 학생들의 시위가 종종 일어난다는 것을 알고 있지만, 그 정확한 정황에 대해 나는 알지 못한다.

*

서울을 떠난 지 얼마 되지 않았을 때, 이청준은 내게 고속도로의 중앙분리대가 시멘트 덩어리로 만들어진 이유에 대해 알려주었다. 그것만 제거하면 재빨리 비행기 활주로를 만들 수 있다고 했다.

자신에 관한 한 '이데올로기'의 문제가 아니라고 그는 말한다. 그리고 '유연성'을 잃어버린 생각과 '너무 일찍 완성된' 생각들에 대해 잠깐 이야기한다. 그의 말과 글 속에는 부드럽지만 재빠른, 느슨하다가 갑자기 집요해지는, 붙잡았다 다시 놓아주는 유연함이 있다.

*

이청준이 '불 꺼지는 소리'에 대해 말했던 것은 여행 두번째 날 밤, 각자 방으로 돌아가려는 순간이었을까?

그의 단편소설 속 어두운 문장들. 가장 고통스러운 과거의 푸르스름한 물결들이 「이어도」의 이야기 속에 침투해 들어간다. 돌과 노래, 바다와 비가 그 속에 섞인다.

차에서 대화를 이어가던 중 문득 이 단편소설 속의 무엇인가를 이해할 수 있었다. 문장이 만들어내는 음악? 물론 내가 한국 독자들이 느낄 수 있는 모든 것을 느낄 수는 없겠지만, 적어도 느닷없이 나타났다가 금세 숨어버리는 주제들, 미끄러지는 이미지들, 변화하거나 끈질기게 계속되는 표현들이 만들어내는 것이 무엇일지 짐작해볼 수 있었다.

> 그러고 나면 소년의 어머니는 다시 언덕배기 밭뙈기로 나가 돌자갈을 추리면서 웅웅웅 그 축축한 바닷바람 속에서 이어도의 노랫가락을 시작하는 것이었다. 지겹게도 많은 돌이었고, 지겹게도 극성스런 노랫가락이었다. 돌자갈은 다하는 날이 없을 것처럼 많았다. 돌자갈이 다하지 않는 한 어머니의 노래도 언제까지나 끝이 나지 않을 것 같았고, 아버지는 또 그 돌자갈이 다하지 않는 한 언제까지나 바다를 나가지 않을 수 없는 것처럼 부지런히 수평선을 넘어갔다.[2]

이윽고 나는, 기형도 시 속의 무엇인가를 다시 느꼈다. 밤의

2   이청준, 「이어도」, 『가해자의 얼굴』(문지작가선 4), 문학과지성사, 2019, p. 169.

산길을 가는 중이었고, 자동차 앞자리에는 김희균과 이청준이 낮은 소리로 이야기를 나누고 있었다. 서른 살도 채 되지 않은 나이로 10년 전에 세상을 떠난 이 시인의 첫 번역시들이 최근 『포에지』에 소개되었다.

> 내 유년 시절 바람이 문풍지를 더듬던 동지의 밤이면 어머니는 내 머리를 당신 무릎에 뉘고 무딘 칼끝으로 시퍼런 무를 깎아주시곤 하였다.[3]

*

산 자와 죽은 자 사이에는 어떤 길이 있을까? 언젠가 이청준은 자신의 누나와 자주 하던 농담이라며 누나가 '저세상으로 가는 입장권'을 먼저 손에 쥐었다고 했다.

서울을 떠난 지 얼마 지나지 않아 우리는 이청준의 가족 누군가의 결혼식에 참석했다. 함께 점심 식사를 하기 위해 모인 큰 식당에서 나는 이청준의 누나를 만났다.

한복을 곱게 차려입은 나이가 지긋한 그녀는 턱을 살짝 들고 엷은 미소로 이따끔씩 나를 바라보았다. 그녀는 다정하게, 하지만 짧게 이청준의 어린 시절에 대해 이야기해주었는데 내가

---

3   기형도, 「바람의 집 — 겨울 판화 1」 부분. 『입 속의 검은 잎』, 문학과지성사, 1989, p. 95.

1950년대 당시 그가 겪었을 어려움에 대해 물었을 때는 말을 아꼈다.

잠시 후, 자동차 안에서 이청준은 다정한 아이러니를 섞어, 그의 누나가 기독교에 빠졌다고 말했다. 화가 박수근이 그린 맑은 그림들 속, 아이를 등에 업고 서 있는 여자아이들의 모습이 떠올랐다. "누나들이오." 서울에 사는 친구들이 내게 말해주었다.

되돌려주기. 모텔에서의 어느 날 밤, 이청준은 그를 작가로 움직이게 하는 힘인 돌려주고 싶은 욕망에 대해 말했다. 행동하려는 힘은 타인에 대한 우리의 걱정, 우리에 대한 타인의 걱정, 우리를 살게 하는 모든 관계들과 복잡하게 얽혀 있지 않은가?

그의 이야기를 듣는 중에 나는 문득, 독일 방송에서 소개했던, 수류탄 폭발로 매우 심각한 부상을 입고 오랜 시간 독일에서 치료를 받은 후 자신의 나라인 베트남으로 돌아간 열두 살 소년에 대해 생각했다. 가족도 없이 비참한 생활을 하던 그는 독일에서의 소중한 인연으로 수레가 달린 자전거 하나를 갖게 되었고, 그 후 결혼해 아이를 하나 갖고 싶다던 꿈을 실현할 수 있었다. 이전에 그는 끔찍한 고통을 잊기 위해 마약에 빠진 적이 있고 에이즈에 걸린 적도 있다고 한다.

돌아가신 부모님께 아무것도 돌려드릴 것이 없다면서 울먹이는 이 남자의 말을 들으며 나는 소스라치게 놀랐다. 거의 아무것도 받지 않은, 또는 아주 적은 것을 받았을 그가 스스로 살아 있다고 느끼기 위해 이러한 부채 의식에 시달린다는 것에 화가 났다. 오해가 있는 것일까? 어쩌면, 그럴지도 모르겠다. 무엇이 우리의 삶을 지탱하게 하는지 어떻게 비교할 수 있을까? 그리고 우리는 그것을 포기할 수 있을까?

주기, 자신을 바치기. 『당신들의 천국』에서 원장의 통솔하에 한센병 환자들은 새로운 땅을 만들기 위해 바다를 막기 시작한다. 거센 바람과 바닷물 때문에 둑이 솟아오르지 못하는데도 원장은 섬사람들의 노력을 정당화한다.

> 누군가가 내게 그렇게 말했지요. 당신들한텐 그냥 바윗돌이 아니라 당신네 몸뚱이를 던져넣어 둑을 솟아오르게 하라고 말이오. 과연 맞는 말이었소. 당신넨 지난 한 해 동안 그냥 바윗돌이 아니고 당신들의 육신을 저 바닷물 속으로 던져넣고 있었던 거요.[4]

자신의 몸뚱이를 바다에 던져넣다니! 자신을 바침으로써 조금씩, 작품의 모습을 드러내는 창작의 행위를 생각하지 않을 수 없다.

『당신들의 천국』 속 원장 역시 자신의 모든 것을 바치기 위해 노력한다. 이러한 방식으로 인물의 목표가 작품의 욕망을 건드린다. 그 목표라는 것은 사실 너무나 진실되고 위험한 것이다.

소설의 인물과 소설을 쓴 작가 모두 엄청난 추진력으로 집단

---

4   이청준, 「배반 1」, 『당신들의 천국』(이청준 전집 11), 문학과지성사, 2012, p. 302.

의 폭력뿐 아니라 예측할 수 없는 잔인한 자연과 현실의 폭력에
가까이 다가간다.

✳

감각들의 혼재, 시간의 거품, 바람의 암시.
프랑스로 돌아온 후 며칠이 지난 지금, 이곳 '나의 집'에서 이
글을 쓰며 나는 한국에서 보낸 모든 순간들을 재구성하거나 헤
아리거나 심지어는 이해하려고 애쓰지 않는다.
여행을 하는 동안에도 너무 많은 것을 알려 하거나 붙잡으려
하지 않았고, 그저 만남이 다가오는 대로, 미끄러지는 대로, 가
볍게 겹쳐지는 대로 내버려두는 데서 편안함을 느꼈다.

✳

우리의 대화 속에 '물 위에 세워진 집'과 '수면 위에 누운 그림
자'가 나타날 것이다. 또는 공기의 거처들?

✳

그곳, 한국에서의 나의 테두리 없는, 열린 집중의 시간들을,
지금 여기, 너무 늦어 초라한 문장들 속에서 어떻게 보여줄 수
있을까?

*

석양이 지는 어느 저녁, 남해, 격렬하게 몰아치는 바람의 변화.

육지와 아주 작은 어느 섬 사이를 오갈 수밖에 없던 물은 끝없이 방향과 속도를 바꾸었고, 은빛 소용돌이가 되어 암초에 부딪혀 피를 쏟듯 찢어졌다.

밤에 이청준은 일본과 한국 사이에 일어났던 해전 하나를 떠올렸다. 수적으로 불리한 상황에 처해 있던 쪽이 뛰어난 전술 덕분에 승리를 거두었다고 했다. 나는 그리스와 페르시아 사이의 살라미스해전과 아이스킬로스의 비극을 생각했다.

*

빗물에 잠긴 논밭 사이를 자동차로 가로질러, 서울로 가는 길……

길을 따라 반투명한 검은 천들이 길게 펼쳐져 있다. 그 위에는 쌀과 고추가 마르고 있고, 사람들은 갈퀴를 이용해 그것들을 뒤집는다. 남쪽 사람들은 모두 나무 갈퀴를…… 타이어 소리…… 북쪽에서는 플라스틱 갈퀴……

＊

예기치 못한 하얀색을 비탈길에서 보았다. 한국의 포근한 10월의 어느 날 내린 서리라고 생각했는데, 가까이 다가가 보니 플라스틱이었다. 기생충들로부터 작은 나무들을 보호하기 위함 이라고 이청준이 설명해준다.

시끄러운 자동차 안에서 언제 그가 주식에 대한 소설을 말했던가? 소설의 주인공, 시인이 실은 작가 자신이라는 것을 사람 들이 알아차렸다. 그는 씁쓸함 없이 유머러스하게, 마치 바람이 날려보낸 말들처럼 가볍게 이야기한다.

서울로 올라가는 차 안을 떠돌던 이청준의 말들……

그의 소설 속 짧고 느린 대화들은 암시적이다. 「이어도」에서 잘못된 기억의 흔적은 다른 여러 사건들을 파생시키고 은폐하며 인물들의 말을 밀어내지 않는가?

＊

처음 프랑스와 한국에서 이청준은 이제 막 시작하듯이, 이제 처음으로 써야 하듯이, 자신이 하고 싶은 일을 이야기했다.

부슬비가 내리던 오를레앙의 아침, 잠시 밖에 나갔다가 다시

부엌으로 돌아온 그는 미소를 머금고 있었고, 그의 흰 머리칼은
하얀 후광처럼 빛났다.

"예순!" 그가 가벼운 아이러니를 담아 말했다.

"인생은 60부터 시작이오."

세상의 습곡이여, 기억의 단층이여

삶은 오늘도 죽음의 서곡을 노래하였다.
이 노래가 언제나 끝나랴

세상 사람은
뼈를 녹여내는 듯한 삶의 노래에
춤을 춘다.
사람들은 해가 넘어가기 전
이 노래 끝의 공포를
생각할 사이가 없었다.

하늘 복판에 알 새기듯이
이 노래를 부른 자가 누구뇨

그리고 소낙비 그친 뒤같이도

이 노래를 그친 자가 누구뇨

죽고 뼈만 남은
죽음의 승리자 위인들!¹

　1934년 12월 24일에 발표된 윤동주의 시「삶과 죽음」은 시간
을 찢으며 나타난다. 이 시가 보여주는 갑작스러움, 나는 그것
이 한국 시인들의 작품에서 각기 다른 방식으로 구현되는 것을
보았다. 속도감이 돋보이는 위의 시에서 인간의 삶은 노래와 춤
그 자체로 표현된다. 하늘 한복판에 던져진 생은 곧 중단될 것이
다. 그 생은 어떤 흔적들을 남길까? 무엇을 "알 새기듯이" 한다
는 것이며, 어떤 하늘 위에 흔적을 남겨 빛의 글쓰기를 하겠다는
것일까?
　이 시의 질문은 종교적 측면이 있다. "노래를 부른 자" "그친
자"를 통해 어떤 초월적 존재를 찾는 것일까? 그렇지만 이 시는
종교적이기에 앞서 시적이다. 삶을 말하기 위해 시는 춤과 같이
솟아오른다. 춤보다 조금 더 오래 허공에 머무르며 무엇인가를
새기려 한다. 언제나 다시 열리는, 인간을 위한 어떤 공동의 시
공간에서일까?
　나는 우연히 윤동주의 시를 발견했다. 지금으로부터 약 15년
전, 갑작스러운 돌풍과 섬광과 충격과 함께 한국 시를 만났다. 파
리8대학의 한국 유학생들 덕분이었고, 그러고 나서는 한국과 프

1　윤동주,「삶과 죽음」,『하늘과 바람과 별과 시』, 정음사, 1948.

랑스에서 이루어진 한국 시인들과의 만남을 통해서였다.

윤동주 시에 나타난 여러 특징 중에 특히 동사의 시제와 관련해서 한국 독자들에게 질문하고 싶다. 그리고 여럿이 함께 시 읽기를 해나가고 싶다. 공동 번역을 하는 것과는 별개로, 시 읽기의 글쓰기, 특히 여러 사람이 번역된 시를 읽고 같이 새로운 글쓰기를 시도하는 것이 필요하다고 생각한다.

한국 시인의 여러 작품이 많은 정성과 노력으로 프랑스에 출간되어 있다. 그러나 프랑스에서 한국 시를 읽는 독자의 수가 많은지는 모르겠다. 독자가 없다면, 심지어 번역 독자의 위치가 무시된다면, 번역을 하는 것이 왜 필요할까?

*

프랑스어나 영어로 번역된 한국 소설이나 시에 대한 나의 예민함을 설명하거나 증명하려는 것은 아니지만, 개인적으로 경험한 역사적 고통과 관련해서 나 자신의 과거를 떠올리지 않을 수 없다.

2차 세계대전이 끝나고 얼마 지나지 않아, 내가 속한 세대의 사람들이 그랬듯이 나는 한국의 역사에 대해 어린 나이에 알게 되었다. 한국전쟁이 발발했을 때 아이였던 나는 말없이 어른들의 세계에서 일어나는 일들의 지극히 작은 일부분을 보고 듣게 되었는데, 그것은 이미 당시의 내가 받아들일 수 있었던 한계를 뛰어넘는 것이었다. 1944년 영국과 미국의 폭격으로 폐허가 되어버린 프랑스의 오래된 지방 도시 오를레앙, 이곳에서 내가 라

디오로 처음 들은 소식 속에 한국이 있었다. 멀고도 가까운 그곳에서 이해할 수 없는 일이 벌어지고 있었다. 나는 다시 전쟁이 돌아올지 모른다는 두려움에 숨이 막혔고, 그때의 느낌을 지금도 잊지 못한다. 폐허로 변한 도시를 떠도는 공기 속 시큼한 냄새 같은 날카로운 두려움이었다.

이런 나의 과거를 바탕으로 김수영의 시를 읽은 것일까? 1959년에 발표된 「조그마한 세상의 지혜」를 읽으면서 어떤 낯익음을 느낄 수 있었다.

> 작렬할 지점을 향하여
> 지극히 정확한 각도로 날아가는
> 포탄이
> 행복의 파편과 영광과 열도(熱度)로써
> 목적을 이루게 되기 전에
>
> 승패의 차이를 계산할 줄 아는
> 포탄의 이성이여
>
> "너의 자결과 같은 맹렬한 자유가
> 여기 있다"[2]

이 시에서 나는 이해할 수 없는 일련의 사건들이 어린아이에

---

2   『김수영 전집 1』, 민음사, 1981.

게 불러일으킬 수 있는 감정의 폭력적인 모호함을 찾는 것일까? 시는 써지는 순간, 흐르는 시어들 내부로 사건을 불러와 부유하게 한다. 그런데 그 사건이란, 포탄의 충격이란 사실상 너무나도 폭력적인 까닭에 한 개인으로서, 특히 어린아이로서는 자각할 수 없었던 것이다.

*

내가 여러 해 동안 계속해온 '증언-문학'에 대한 연구는 어린 날의 전쟁에 대한 나의 개인적 경험과 무관하지 않을 것이다. 이는 극단적 폭력을 증언하는 글쓰기와 관계된 것으로, 죽음의 위기에 처했던 생존자들의 목소리를 듣는 것을 말한다. 물론 극한의 폭력, 집단 학살, 민족 말살은 20세기 이전에도 있었다. 그러나 결코 그토록 철저하게 기술적·방법적인 면에서 정치적으로 이데올로기화되고, 사회적으로 조직된 적은 없었다. 또한 지난 몇백 년 동안 피해자들 그 누구도 1차 세계대전 이후의 피해자들이 그러했던 것처럼 자신의 목소리를 들려주려고 하지 않았다.

20세기의 학살과 말살의 피해자들은 셀 수 없을 정도로 많다. 그들 중 살아남아 겪은 일에 대해 말하거나 글을 쓸 수 있었던 이들은 극히 소수였다. 프리모 레비Primo Levi의 말처럼, 그들은 아무런 흔적도 남길 수 없었던 모든 이를 대변하는 것 같은 느낌을 자주 받았다고 한다.

프리모 레비 또는 로베르 앙텔므Robert Antelme, 바를람 샬라

모프Varlam Chalamov 또는 안나 아흐마토바Anna Akhmatova와 같이 문학작품으로 증언할 수 있었던 사람들의 수는 매우 적다. 증언문학은 20세기 문학 유산의 중요한 부분을 차지하며, 다른 많은 작품에 직간접적인 영향을 주었다. 나는 다양한 역사적 현실을 다루는 텍스트들을 분석했는데 그중에는 서로 관련이 있는, 비슷한 시기의 텍스트들도 있었다. 나치의 유대인 학살, 소비에트연방의 강제 노동 수용소, 중국에 대한 일본의 폭력, 히로시마와 나가사키에 떨어진 원자폭탄, 그리고 보다 최근에 벌어진 사건 중에는 캄보디아 내전, 르완다와 다르푸르 학살 등이다. 나는 몇 달 전부터 다르푸르 난민 한 명과 함께 둘이서 할 수 있는 새로운 방식의 문학적 증언에 대해 천천히 구상하고 있다. 진실을 되찾기 위해서는 모든 것을 상상에 맡겨야 할 때도 있다.

그러나 한국 작가들에 대한 나의 관심이 어떻든 간에 아직까지 그들의 작품을 증언의 관점에서 접근해본 적은 없다. 이 문제와 관련해 한국 문학의 유산이 너무 크기 때문일까? 일제 치하, 한국전쟁, 군사독재, 그리고 광주의 민주화운동, 20세기 내내 폭력과 억압에 시달려온 한국의 역사와 함께해온 문학작품을 어떻게 다루고, 어떤 역사적·문학적 질문을 던질 수 있을까?

어떤 잊어버린 전쟁! 20세기의 중요한 사건이었음에도 불구하고, 한국전쟁을 이렇게 부르곤 한다. 그렇다, 베트남전쟁 등과는 다르게 서구의 사람들은, 전쟁에 참여한 미국인들조차 한국전쟁을 너무 빨리 잊어버렸다. 이상하게도 내 다음 세대 사람들은 이 전쟁에 대해 거의 알지 못한다.

　모든 한국 현대문학을 증언문학이라 말하려는 것이 아니다. 한국 문학의 독창성을 짓누르는 과거의 기억으로 옮아매려 하는 것도 아니다. 1954년에 발표된 김수영의 시 「나의 가족」이 문득 생각난다.

> 고색이 창연한 우리 집에도
> 어느덧 물결과 바람이
> 선선한 기운을 가지고 쏟아져 들어왔다[3]

　그렇기는 하지만 한국의 많은 소설가와 시인의 작품에서 20세기 한국이 겪은 격동의 역사가 남긴 흔적들을 발견하지 않을 수 없다. 문학작품들은, 특히 시는 역사와 가장 가까운 곳에서 씌어진다. 어떠한 경우에는 과거의 시간들이 작품의 배경으로 등장하거나 작품에 간접적 영향을 주기도 한다. 과거의 경험이 일으키는 파장은 작품의 주제뿐만 아니라, 작품의 구조, 작품 속 기억의 문제와 시간의 구성 등 여러 방면에 영향을 미치게 된다.

　극한 상황을 직접 경험한 작가들이 어떻게 그러한 주제에 관한 작품들을 쓸 수 있었을까? 조지훈은 그의 시 「절망의 일기」에서 전쟁이 시작된 다음 날인 1950년 6월 26일을 다음과 같이

3　같은 책.

기록한다.

오후 두 시
고려대학교 삼층에서 '시론'을 얘기한다.

의정부 방면의 총성이 들려온다
교정의 스피카에서 전황보도가 뜬다.

청춘에는 우원한 언어가 차라리 마이동풍
허나 시는 진실로 이런 때 서는 것을……

"불안과 존재의 의미를
너 오늘에야 알리라"

수런대는 가슴들이 눈을 감는다
오늘 흩어지면 우리는 다시
이승에서 못 만난다는 슬픈 가능성

이 가열한 마당에 다시 고쳐 앉아
인정의 약함에 눈물 지움은
또 얼마나 값진 힘이랴.[4]

4   『詩—조지훈 전집 1』, 나남출판사, 1997.

시에 등장하는 선생의 믿음, "시는 진실로 이런 때 서는 것"이라는 확신은 단지 전쟁이 발발되었을 때의 환상일 뿐일까? 한국전쟁 중, 나라가 그토록 처참한 상황 속으로 치닫게 되었을 때, 과연 어떤 시들이 쓰어질 수 있었을까?[5]

시간이 지난 후, 전쟁의 폭력성은 또 다른 모습으로 문학작품 속에 표현된다. 1996년에 발표된 이청준의 단편소설 「가해자」처럼 말이다. 산문, 단편과 장편소설 등은 역사적 과거를 돌아볼 수 있게 하는, 가장 분명한 길을 보여주지 않는가? 한국전쟁과 같은 집단적 사건들이 때로는 한 개인의 고유한 기억 속에 들어가지 못하기도 하는데, 그것은 각자가 자기만의 방식으로 기억의 방향을 설정하기 때문이다. 바로 그 지점에서 모든 서사적 시도와 저항이 시작된다.

그러한 이유로 시와 이청준 작품처럼 시의 세계와 연결된 산문이 필요한 것이다. 불현듯 시작되는 지금-여기의 언어들이 가진 고유한 순간성, 시간을 갈라 그 안에 역설과 소용돌이를 일으

5 (원주) 한국전쟁 시기의 미술 작품에 대해서도 생각해볼 수 있다. 나는 조악한 삽화로 이철이, 이중섭 등의 작품들을 발견했고, 몇 해 전 서울에서 잊을 수 없는 박수근의 작품들을 볼 수 있었다. 1999년 호암갤러리에서 열린 박수근 전시 카탈로그에 안소연은 다음과 같이 썼다. "〔……〕 신상의 고초로 말하자면, 박수근의 삶이야말로 민족 공동체의 불행과 개인적 고난을 함께 겪은 험난하기 이를 데 없는 것이었지만, 그의 작품 세계는 의외로 견고하고 절제되어 있다. 그는 소중한 존재를 영원히 지울 수 없도록 각인이라도 하듯 대상의 임의적 표현을 최대한 자제하고 추상화한 뒤 부동의 형식으로 고착시킨 것이다"(「박수근 작품에 나타난 독자적 조형성의 근원」). 함동선 등의 시인은 박수근의 작품으로부터 영향을 받기도 했다.

키는 힘. 많은 한국 시인이 매우 예민한 방식으로 섬세하게 보여주는 것처럼 시는 수직으로 된 자기만의 현재를 만들어내고, 절대적이며 동시에 겸허한 그 시간은, 폭력의 시간에 결코 휘둘리지 않는다.

황지우는 그가 겪은 고문과 감옥을 증언한다. 「대답 없는 날들을 위하여 3」이라는 시는 그가 받은 심문에 대해 직접적으로 말하지는 않지만 시구절 속 풍자를 통해 그가 경험한 폭력을 짐작하게 한다. 시는 '그때'를 회상한다.

> 그때 거기서 나는 웃었다
> 이름을 대고 나이와 직업을 대고
> 꽝 내리치는 주먹
> 떨어지는 국화꽃잎 아래서
> 그때 거기서 나는 웃었다
> 컵의 물이 근엄한 근영에 튀었다
> 쓰레기통에서 자기 그림자를
> 파먹는 미친개 같애
> 나는 속으로 생각했다
> 묵시의 물 우에 꽃잎 몇 개가
> 혓바닥처럼 떠 있었다[6]

---

6   『새들도 세상을 뜨는구나』, 문학과지성사, 1983.

시는 갑자기 물 위에 흔들리는 꽃잎을 통해 간접적으로 어떤 충격이 가해졌음을 보여준다. 폭력을 휘두르는 자의 육체가 아니라 순식간에 일어난 폭력, 그 이후의 상황을 펼쳐 보인다. 이것이 바로 이 시의 은밀한 아이러니의 힘이다. 침묵을 강요받음에 대한 분노와 수치심도 강렬하게 나타난다. "쓰레기통에서 자기 그림자를/파먹는 미친개 같애".

이 같은 순간은 황지우의 「자물쇠 속의 긴 낙하」와 같은 놀라운 작품에서도 발견할 수 있다. 이 시는 한 편의 시가 할 수 있는 모든 힘을 다해 무엇인가를 증언한다. 사물과 인간의 몸이 하나가 되고, 수감자로서 느끼는 감각들이 독자에게 전해지면서 무력해진 한 남자의 현재 일어난 새로운 움직임이 포착된다.

> 발자국 소리, 자물쇠 속의 긴 낙하로
> 사람이 온다
> 사람이 무섭다
>
> 자물쇠 콧속으로 흐린 산 물이
> 흘러 들어온다 뇌막에 아득하게
> 떠 있는 어린 시절 소금쟁이
> 물풀들, 물소리가
> 귓바퀴를 두어 바퀴
> 맴돌다 우뚝 멈추고 요구한다
> "말해!"

자물쇠의 식도를 타고 뜨겁게

다시 전화벨이 울린다

목구멍으로 꿀떡

시린 칼자루가 들어온다

칼에 꽂힌 채

묻는 말에 대답하기

"우리가 사람이란 걸 그만둡시다"

자물쇠 구멍으로 부는 청각적인 바람

느티나뭇잎들이 흔들린다 누가

멱살을 잡고 흔든다 가지가지에

양면 종이들이 펄럭이고

마지막 한 잎이 손에서

지문을 앗아간다

잠들고 싶다

"아 몸이 왜 있을까"[7]

이 시에서 은유는 무시무시한 효력을 발휘한다. 은유라기보다는 변신이다. 폭력에 노출된 구멍들을 통해 수감자의 몸은 나무나 쇠로 녹아들며, 문과 자물쇠와 하나가 된다. 목구멍과 칼자루, 식도와 열쇠 구멍.

역사적·정치적 담론에서 벗어난 황지우의 시는 작품에 내재된

---

7   같은 책.

지금-여기의 시공간 안으로 이제 어느 정도 멀어진 순간들을 불러와 자물쇠의 감시 아래 후퇴 없는, 가능성 없는 수감자의 현재를 느낄 수 있게 한다. 하지만 그 속에는 저항이 숨어 있다. 수감자가 그의 압제자들을 마주할 수 있는 저항? 그런 가능성을 재확인시켜주는 시어들의 저항?

*

줄 수 있는, 서로 줄 수 있는 가능성이 예술 작품을 만들어낸다. 시의 열림과 시어의 움직임은 만들기-주기의 운동을 통해서만 가능하다. 시의 행위는 움직이는 내부에서 외부로 시를 내어주는 몸짓으로 완성된다. 만델스탐이 말한 바와 같이 시의 '청자'는 아주 가까운 곳에 있지만, 동시에 모든 가능한 형태를 빌려 불현듯 독자에게서 멀리 달아나기도 한다.

증언시에 있어 아주 가까운 곳에 있는, 알 수 없는 누군가에게 말을 '주는' 행위는 파괴적 힘에 맞서는 것이라 할 수 있다. 파괴적 힘이란 여러 이유로, 기술·관료적 무관심, 이데올로기적 의지, 추후 법적 책임에 대한 우려 등으로 과거에 일어난 일에 대해 알리는 것을 방해한다. 대량 학살, 인종 말살은 증오의 대상이 되는 집단의 기억과 생물학적 유전자의 계승을 막으려 한다. 시적 전달 방식은 저항하고, 보존하고, 복원하는 힘을 지닌다. 시를 만들고, 시를 주는 행위, 시의 가까운-달아나는 청자의 몸짓은 앞으로 일어날 일이 삶으로 회귀하는 과정임을 보여준다.

이러한 관점에서 한국 시를 연구할 수 있는 여유와 이에 필요한 힘이 내게는 없지만, 나는 수많은 한국 시인의 작품에서 '관계'의 문제가 지속적으로 작동하는 것을 느꼈다. 그것은 분명 역사적 폭력과 무관하지 않을 것이다. 어머니와 아이의 관계는 모든 인류의 영속에서 가장 핵심이다. 이는 생물학적인 영속만을 말하는 것이 아니다. 카프카가 말한 것처럼, 우리가 얻은 모든 물질의 조각에 또 다른 상징적 조각이 더해진다. 인간은 기다림과 욕망과 언어로 몸을 감싸고서야 생을 마주한다. 그런 연약한 모습으로 집단의 폭력에 노출되지만, 동시에 예술을 통해 다시 활기를 찾고, 끝없이 새로워진다.

이성복 시의 시작 부분은 모호한 약속과 같다.

> 밤이 오면 길이
> 그대를 데려가리라
> 그대여 머뭇거리지 마라
> 물결 위에 뜨는 죽은 아이처럼
> 우리는 어머니 눈길 위에 떠 있고,
>
> ─「밤이 오면 길이」부분[8]

여러 의미로 해석될 수 있는 위의 시구들은 죽은 아이와 '우

8 『남해 금산』, 문학과지성사, 1986.

리' 모두에게 필요한 어떤 사로잡는 시선을 하나로 연결하고, 그
것을 바탕으로 어느 밤길의 풍경을 그려낸다. 이성복은 과거와
세대 간의 관계 문제를 사유하며, 비록 고통스러운 연속이라 할
지라도 그것을 찾아 확인하는 일에 몰두한다.

> 무엇과도 바꿀 수 없는 날들이 흘러갔다
> 강이 하늘로 흐를 때,
> 명절 떡쌀에 햇살이 부서질 때
> 우리가 아픈 것은 삶이 우리를
> 사랑하기 때문이다
>
> ─「세월의 습곡이여, 기억의 단층이여」 부분[9]

그리고 같은 시집에서 다음과 같은 시구를 읽는다.

> 오래 고통받는 사람은 알 것이다
> 그토록 피해 다녔던 치욕이 빽빽한,
> 빽빽한 사랑이었음을
>
> ─「오래 고통받는 사람은」 부분

공동체적·개인적 고통 속에서도 고유한 시적 순간의 힘을 잃
어서는 안 된다. 나는 이가림의 시집 『순간의 거울』(창작과비평
사, 1995)을 읽다가 불현듯이 명쾌한 시적 순간을 경험했다. 「순

9   같은 책.

간의 거울 1」은 세 편의 연작시 중 첫번째 시이다.

　　대지의 눈이
　　하늘의 거울을 바라보고 있다

　　눈 가장자리에
　　배 한 척이
　　가느다란 파문을 내이며 미끄러져 간다
　　몇 마리 놀란 구름 조각들이
　　물고기처럼 지느러미를 흔들며
　　잽싸게 흩어진다

만약 어느 날 이토록 맑은 시어가 찬란함을 잃고 불가능한 말이 되어버린다면, 그것은 증언하고 증언을 듣고 증언을 기억할 수 있는 힘의 상실을 의미할 것이다.

그 속에 잠시 머물다가 타버린

생활을 거절하는 의미에서 그는 축음기의 레코드를 거꾸로 틀
었다. ―「무제」(I-4, p. 352)[1]

너는누구냐그러나문밖에와서문을두다리며문을열라고외치니
나를찾는일심이아니고또내가녀를도무지모른다고한들나는차
마그대로내어버려둘수는없어서문을열어주려하나문은안으로
만고리가걸린것이아니라밖으로도너는모르게잠겨있으니안에
서만열어주면무엇을하느냐너는누구기에구태여닫힌문앞에탄
생하였느냐―「정식IV」(I-1, p. 92)

이상의 작품 속 어디에서든지 우리는 불가능을 읽는다. 이 단

1   이상의 작품은 태학사에서 출간된 『이상 전집』(2013)과 민음사 『이상 소설 전집』
     (2012)에서 인용하였다. 태학사판은 로마자 I로, 민음사판은 II로 구분하여 표기
     하였다.

순하고 엉뚱한, 말도 안 되는 행동을 보아라. 한국의 젊은 시인 이상의 작품은 이러한 것들로 가득하다. 그의 산문, 그보다 더 비밀스러운 시, 어디서든지 불현듯 상상의 세계가 펼쳐진다.

초-동시대인? 지금 이상을 읽는 프랑스 독자는 그렇게 느낄 수 있다. 솟아오르는 각 문장마다 시인은 우리의 기대보다 더 먼 곳에 가서, 우리를 움직이게 하고, 우리의 시선을 변화시킨다.

> 눈을뜬다. 이번에는생시가보인다. 꿈에는생시를꿈꾸고생시에는 꿈을꿈꾸고 어느것이나재미있다. ─「지주회시」(Ⅱ, p. 60)

이상의 글은 안정된 세계에서 일어날 법한 일을 보여주지 않는다. 그의 세계에서 사건은 그 사건을 발화하는 행위를 통해 발생한다. 「종생기」의 한 구절을 읽어보자.

> 그 서슬 퍼런 날[刃]이 자의식을 걷잡을 사이도 없이 양단하는 순간 나는 내 명경같이 맑아야 할 지보(至寶) 두 눈에 혹시 눈곱이 끼지나 않았나 하는 듯이 적절하게 주름살 잡힌 손수건을 꺼내어서는 그 두 눈을 만지작만지작했다거나 ─ . (Ⅱ, p. 162)

꿈의 생시, 생시의 꿈을 보는 것일까? 이상은 우리로 하여금 꿈속과 같은 독서를 경험하게 한다.

＊

이상은 1930년대 한국에서 글을 썼다. 21세기 초반을 살아가는 지금 이곳의 우리, 프랑스 독자들에게서 얼마나 먼 곳에 있는 것인가? 1904년에서 1905년, 러일전쟁의 종군기자로 한국을 방문했던 잭 런던은 유난히도 폐쇄적이었던 한국을 은둔국이라고 표현했고, 이 나라는 19세기 수많은 외세의 침략을 받았다. 서구 열강의 침략—그중 특히 프랑스—에 대한 반발은 거세었다. 얼마 후, 1905년 러일전쟁에서 승리한 일본은 거의 40년 간 한국을 통치했다.

1930년대 일본의 통치는 지독히 가혹하게 이루어졌다. 서구 제국주의 세력과 어깨를 견줄 수 있게 된 일본은 1931년, 만주의 천연자원을 착취하고 그곳에서 산업의 기반을 마련할 요량으로 꼭두각시 나라인 만주국을 세웠고, 한국인의 노동력을 착취하려 했다. 그런 이유로 1920년대 이미 혹독했던 일본의 통치는 1930년대 어느 때보다 더 극단적 방식의 민족말살정책으로 이어지게 되었다.

이상(1910~1937)은 일평생을 일본 치하의 한국에서 살았다. 절망과 유희가 섞인 그의 글에서 어떻게 당시 한국인들의 억눌림을 느끼지 않을 수 있겠는가? 본명은 '김해경'으로, 그의 필명 '이상'에는 아이러니하게도 이름을 부를 때 사용하는 일본어 '상'이라는 단어가 포함되어 있다. 그리고 그의 작품 중 일부는 일본어로 썼었다.

*

"내 생을 좀 보아라." 단편소설 「지주회시」에 나오는 '오'라는 인물이 '나'에게 이렇게 말한다. 오는 그의 삶의 목격자를 찾고 싶은 것일까?

> 너무나뜻밖의일은—오(吳)의아버지는백만의가산을날리고마지
> 막경매가완전히끝난것이바로엊그제라는—여러형제가운데이
> 오(吳)에게만단한줄기촉망을두는늙은기미호걸의애끓는글을
> 오(吳)는속주머니에서꺼내보이고—저버릴수없는마음이—오(吳)
> 는운다.—우리일생의일로정하고있던화필을요만일에버리지않
> 으면안되겠느냐는—전에도후에도한번밖에없는오(吳)의종종한
> 고백이었다. (Ⅱ, p. 67)

여기에서 우리는 몹시도 무거웠던 가족의 무게와 작가에게 있어 글을 쓰고 싶은 욕망만큼 중요했던, 보들레르의 『파리의 우울』에 실린 시의 제목이기도 한 '그림 그리고 싶은 욕망'을 느낄 수 있다. 그리고 다음과 같은 구절을 읽는다.

> 그때그는봄과함께건강이오기만눈이빠지게고대하던차—그도
> 속으로화필을던진지오래였고—묵묵히멀지않아쪼개질축축한
> 지면을굽어보았을뿐이었다. 그리고뒤미처태풍이왔다. (Ⅱ, pp.
> 67~68)

오는 '나'에게서 자신에게는 없는 타인에 대한 자유로운 관심을 찾으려 했던 것일지도 모른다.

> 내생활을좀보아라. ─이런오(吳)의부름을빙그레웃으며그는인천의오(吳)를들렀다. (Ⅱ, p. 68)

이상의 글 속에서 우리는 무관심 속에 방임된 작가의 어린 시절과 그가 살던 시대의 폭력적 시선이 그에게 어떤 영향을 주었을지 짐작할 수 있다. 잔혹한 세상을 살아가는 그의 인물들은 허공으로 사라질 운명에 놓여 있는 듯하다.

*

이상의 자전적 요소는 그의 작품에서 다양하게 나타나며 언제나 현실에서 멀어져 떠다니는, 그리고 구겨지고 곧 버려지는 이미지로 표현된다. 「육친의 장」의 한 대목이다.

> 두번씩이나객혈을한내가냉청을극하고있는가족을위하여빨리안해를맞아야겠다고초초하는마음이었다. 나는24세 나도어머니가나를낳으드키무엇인가를낳아야겠다고생각하는것이었다. (Ⅰ-1, p. 372)

우리가 이상의 짧은 생에 대해 알고 있는 것과는 조금 다르다. 부모의 극심한 가난으로 이상은 부모의 집이 아닌 큰아버지의 집에서 자랐고, 큰어머니의 미움을 받지 않을 수가 없었다. 그런데도 어른이 된 후에 그는 부모에 대한 죄책감을 느꼈다. 세상을 떠나기 얼마 전, 동경에 도착한 그는 다음과 같은 편지를 남동생에게 보낸다.

> 이곳에 와서 나는 하루도 마음이 편한 날이 없이 집안 걱정을 하여 왔다. 울화가 치미는 때는 너에게 불쾌한 편지도 썼다. 그러나 이제는 마음을 놓겠다. 불민한 형이다. 인자(人者)의 도리를 못 밟는 이 형이다. 그러나 나에게는 가정보다도 하여야 할 일이 있다. 아무쪼록 늙으신 어머님 아버님을 너의 정성으로 위로하여 드려라. (I-4, p. 177)

어떤 추락, 생략과 균열이 「육친의 장」을 비롯한 이상의 다른 텍스트에 어떤 영향을 주었든지 간에, 가족 관계에서 비롯된 너무 일찍 찾아온 고통이 선연히 느껴진다.

또한 이상에게는 여자들과의 관계 역시 견딜 수 없이 힘들었다. 그는 두 번에 걸쳐 '기생'과 살았다. 그리고 1936년, 변동림이라는 '교양 있는' 여성과 결혼하지만 얼마 후 그녀를 떠나 일본으로 갔다.

이상의 글 속에 창녀라고는 불리지 않는 화류계 여자와 동거하는 남자가 있다. 순진무구한 '나'는 동거 여성이 남자 손님들을 맞는 옆방에서 꼼짝 않고 살아간다. 지독한 아이러니라고 해야 할까? 추위와 배고픔, 모든 것의 결핍에 시달리는 그토록 연약한 어른은, 자신이 봐서는 안 될 것, 다른 남자와 함께 있는 자신의 아내를 보며 어린아이와 같이 소스라친다.

*

이상은 큰아버지의 뜻에 따라 건축 공부를 했다. 그의 몇몇 시
들은 그가 받은 교육의 영향을 충분히 짐작하게 한다. 예를 들
어, 연속되는 숫자로 시작되는 「선에관한각서 1」(1931)이 그러하
다. 이 시에서 다음과 같은 문장들을 읽는다.

> (우주는멱에의하는멱에의한다)
> (사람은숫자를버리라)
> (고요하게나를전자의양자로하라) (I-1, p. 270)

"사람은숫자를버려"와 같은 이해할 수 없는 명령의 의미는 시
마지막에 다시 나타나는 괄호 안의 문장 속 "절망"에서 찾을 수
있을 듯하다.

> (입체에의절망에의한탄생)
> (운동에의절망에의한탄생) (I-1, p. 271)

이 "절망"이라는 말에서 역사적 정황을 읽어야 하지 않을
까? 일본을 통해 강제로 유입된 근대와 전통 사이에 놓인 시대의
정황을? 이상의 여러 시에는 정밀한 모습 가운데, 갑자기 무정해
지고 제멋대로 움직이는, 뒤틀린 추상이 있다. 그러하기에 같은

시 마지막 괄호 안에 나타난 "빈"이라는 단어에 주목해본다.

(지구는빈집일경우봉건시대가눈물이나리만큼그립다) (I-1,
p. 271)

*

이상은 스물한 살이 되던 해, 『조선과 건축』에 일본어로 쓴 첫
시들을 발표했다. 그리고 1931년에서 1932년 사이에 약 2000편
의 시를 쓰고, 단편소설 「지도의 암실」을 『조선과 건축』에 발표
했다고 한다.

1934년, 이상은 『조선중앙일보』에 「오감도」를 연재하게 되는
데 독자들로부터 많은 비난을 받았다.

당시 독자들에게 분명 전복적인 작품이었을 것이다. 미국 시
인 제임스 킴브렐James Kimbrell이 강조하는 바와 같이 이상은
다다이즘과 초현실주의의 영향을 받은 이들과 가까이 지내고 있
었다. 아이러니하게도 그때 한국의 젊은이들은 제국주의 일본을
통해, 일본은 태평양을 사이에 두고 경쟁하는 프랑스를 통해 초
현실주의를 받아들이게 되었다고 한다.

*

단편소설 「환시기」의 일부분이다.

먹었다.

취했다.

몽롱한 가운데서 나는 이 땅을 떠나리라 생각했다. 머얼리 동경
으로 가 버리리라.

갈 테야 갈 테야. 가 버릴 테야(동경으로). (Ⅱ, p. 196)

이상은 1936년 말 동경으로 떠난다. 결핵으로 몸이 쇠약해진
그는 그곳에서 새로운 출발을 원했던 것일까?

동경에서 그는 다른 한국 사람들을 만나고 글을 쓴다. 그렇지
만 의지할 곳 없이 홀로 병을 안고 지내다가 1937년 2월, 일본
경찰의 실수로, 또는 킴브렐의 표현처럼 '불온사상' 혐의로, 체
포된다. 더욱 쇠약해진 몸으로 감옥에서 나와, 1937년 4월
17일, 병원에서 만 26세 7개월의 나이로 세상을 떠난다.

*

이상은 당시 다른 젊은 한국 작가들과 마찬가지로 일본어와
일본 작가들을 통해 이국의 문학을 접했다. 이상의 시집을 프랑
스어로 번역한 김보나의 설명에 따르면 한국에서는 1895년부
터 특히 1918년을 기점으로 일본을 통해 에드거 앨런 포, 보들레
르, 베를렌, 엘리엇, 장 콕토, 도스토옙스키와 같은 외국 작가들
의 작품이 대거 소개되었다고 한다. 그리고 1930년대 동북아시
아에 유입된 초현실주의는 이상의 초기 시(1932~1934)에 영향
을 주었으며, 그중 대표적 작품이 「오감도」라고 한다.

위에서 언급한 미국, 프랑스, 영국, 러시아 작가뿐 아니라 또 다른 여러 작가의 이름이 이상의 작품 속에 엉뚱하고 환상적인 방식으로 등장하곤 한다.

우리는 「종생기」에서 언뜻 비판적·반성적으로 보이지만 곧 어느 방향으로 튈지 알 수 없는 다음과 같은 문장들을 읽게 된다.

> 미문에 견줄 만큼 위태위태한 것이 절승(絶勝)에 혹사(酷似)한 풍경이다. 절승에 혹사한 풍경을 미문으로 번안모사(飜案模寫)해 놓았다면 자칫 실족 익사하기 쉬운 웅덩이나 다름 없는 것이니 첨위(僉位)는 아예 가까이 다가서서는 안 된다. 도스토옙스키나 고리키는 미문을 쓰는 버릇이 없는 체했고 또 황량, 아담한 경치를 '취급'하지 않았으되 〔……〕 (Ⅱ, pp. 183~84)

그리고 러시아 작가 두 명이 이상한 계략을 꾸몄다고 탓한다.

> 이 의뭉스러운 어른들은 직 미문을 쓸 듯 쓸 듯, 절승경개는 나올 듯 나올 듯, 해만 보이고 끝끝내 아주 활짝 꼬랑지를 내보이지는 않고 그만둔 구렁이 같은 분들이기 때문에 그 기만술은 한층 더 진보된 것이며, 그런 만큼 효과가 또 절대하여 천년을 두고 만년을 두고 내리내리 부질없는 위무(慰撫)를 바라는 중속(衆俗)들을 잘 속일 수 있는 것이다. (Ⅱ, p. 184)

그러다 갑자기 방향을 틀어 자신의 전공이었던 건축에 대한 이야기를 꺼내고, 머릿속으로 건축물을 분해한다.

왜 나는 미끈하게 솟아 있는 근대건축의 위용을 보면서 먼저 철
근철골, 시멘트와 세사(細砂), 이것부터 선뜩하니 감응하느냐는
말이다. (II. p. 184)

*

「종생기」에서 이상은 그의 비판적·반성적 생각의 기묘함을 이
와 같이 표현한다.

나는 내 「종생기」가 천하 눈 있는 선비들의 간담을 서늘하게 해
놓기를 애틋이 바라는 일넘 아래의 만큼 인색한 내 맵씨의 절약
법을 피력하여 보인다. (II. p. 161)

"천하 눈 있는 선비들의 간담을 서늘하게" 세계 문학이라는 공
간, 이상은 그곳에서 자유의 열망을 느끼고 새로운 것을 배울 수
있다고, 언젠가 자신의 차례가 오면 자신도 자신의 목소리를 들
려줄 수 있을 것이라 생각했던 것일까?
　절망 속에서 그는 실제로 "맵씨"의 두려움을 만들어낼 수 있다
고 믿었던 것일까? 아니면 믿는 척했던 것일까? 다시 한번, 그
의 순수함은 교묘하고 유희적이고 도발적이다.

＊

1990년대 말, 아무런 준비 없이, 우연히 나는 파리8대학의 한국 학생들을 통해 이상의 작품을 발견했다. 서로에 대한 호기심으로 우리는 대학의 한 귀퉁이에서, 카페에서 함께 한국 현대시를 번역했다.

이상은 김창겸이라는 학생이 가장 먼저 선택한 시인 중 한 명이었다. 프랑스어로 옮긴 이상의 첫 시였을까? 나의 학생이 번역한 시들은 1999년 『포에지』 봄호에 실렸다. 그리고 같은 해, 심고리와 장 이브 다수즈Jean-Yves Darsouze의 번역으로 이상의 『오감도』가 퍼플릭 언더그라운드 출판사를 통해 100부 출간되었는데 신기하게도 그중 한 권이 나에게 도착했다.

2002년에는 김보나의 번역으로 『50편의 시와 날개』가 윌리엄 블레이크 출판사를 통해 나왔다. 그리고 손미혜, 장 피에르 주비아트Jean-Pierre Jubiate 공역의 『날개』와 『오감도』가 줄마 출판사에서 출간되었다.

이상의 작품이 여러 번역본으로 존재한다는 것은 프랑스 독자들에게 행운이다. 텍스트에 숨어 있는 가능성이 펼쳐지고 확장되는 것을 볼 수 있는 기회가 아닌가?

얼마 전(2011년 10월), 내용이 더욱 풍부해진 이상의 책 한 권이 이마고 출판사에서 나왔다. 손미혜와 장 피에르 주비아트가 번역한 『이상 수필집』이다.

주현진과 티팬 사모이요Tiphaine Samoyault가 함께 번역한 이상 선집 『공포의 기록』에는, 내가 알기로는 아직 프랑스어로 소개된 적 없는 이상의 단편소설이 실렸다. 그리고 몇 편의 시가 새롭게 번역되었는데 이는 기존의 번역을 대체하기 위해서가 아니라 이상의 시가 가진 역설에 힘을 더하기 위해서이다.

*

만델스탐은 어느 시에서 '먼 나라 한국'이라는 표현을 쓴 적이 있다. 1930년대의 프랑스인에게 한국은 그보다도 더 먼 나라였다.

미쇼는 『아시아의 야만』에서 한국에 대해 아주 잠깐 언급하는데 '일본의 야만'이라는 부분에서 '(한국) 서울에서'라는 제목을 단 짧은 단락 하나를 찾을 수 있다. 그는 이상과 동시대인이었지만 당시 프랑스 독자들과 마찬가지로 한국 문학을 접할 기회를 갖지 못했다.

이상이 살던 시대의 바람은 한쪽으로만 불었다. 서쪽에서 동쪽으로, 프랑스에서 일본, 그리고 한국으로.

70~80여 년이 지난 후에 바람은 방향을 바꿔 프랑스 독자들을 향해 불어온다. 이제는 프랑스어로 옮겨진 이상의 책이 여러 권 존재한다. 한국의 지나간 시간이 그 어느 때보다 더 새롭고 놀랍게 모습을 드러내는 역사적 순간이다.

낯설면서도 친숙한 이상, 그는 자신의 작품 안에 세계의 공기, 또는 시간을 압축해 넣어놓은 듯하다. 그가 짧은 생애 동안 겪었던 한국과 일본에서의 불행만을 말하는 게 아니다. 너무나 일찍 세상을 떠나버렸지만, 그럼에도 그는 20세기 근대화의 시공간이 뿜어내는 기운을 느꼈던 것 같다. 그의 너무나도 구체적인 추상의 몽환적 작품들은, 반세기 후 중국 시인 구청의 '잘못 펴진 땅'에 대한 것이기도 하다.

이상의 글과 이미지, 춤추는 날카로운 도안은 어디에서든 독자에게 다가가기 위해, 모든 관심을 벌집으로 만들어버리는, 솟구치는 선들로 만들어진 듯하다. 그것들을 맞이하기 위해 이토록 많은 시간이 필요했던 이유는 무엇일까?

*

> 원수 같은 저 관(館)의 문을 두드렸다. 잔학(殘虐)한 정맥(靜脈)이 벽에 전해져──머리가 또 저절로 수그러진다.
> 바람을 끊듯 하얗고 싸느란 손이 나의 비굴한 인사말을 조각조각 찢었다. ──「구두」(I-4, p. 367)

"원수 같은 저 관"에서 '나'를 둘러싸고, "하얗고 싸느란 손"으로 '나'를 통과해 가는 저 잔혹함은 무엇인가?

이상의 작품 속의 아이러니한 폭력은 시공간 그 자체에서 비롯되곤 한다. 육체로 형성화되기 위해서, 육체의 파편이 되기 위해서, 아니면 그저 잔해로 남기 위해서이다.

> 수염-냉회와같은것-남은것-뼈다귀-지저분한자국-과 무엇이남
> 았느냐. ─「지주회시」(Ⅱ, p. 81)

남성과 여성의 은밀한 육체관계는, 육체의 살이 사물이나 공기와 몸을 섞는 순간에 발각되어 스침, 마찰, 냄새 속에서 타오른다. 다시 뿌리 뽑혀 혼자 남아 피 흘리게 될, 흐릿해지는 한 개인에게 있어 그것은 잔인한 일이다.

*

> 닫은일년동안─산채썩어들어가는그앞에가로놓인아가리딱벌린
> 일월이었다. ─같은 글(Ⅱ, p. 81)

이상의 세계에서 시간은 실질적인 힘을 가지고 있다. 문장들 안에서 흐르다가, '나' '그' 또는 어떤 '그들'이 통과한 상태에 따라 끈적거리거나 느닷없이 급박해지는 리듬이 된다.

> 전등이딱들하다는듯이물끄러미내려다보고있다. 진종일을물을
> 한모금마시지않았다. 이십원때문에그들부부는먹어야산다는 철
> 칙을─그장중한법률을 완전히 거역할수있었다.

이것이지금이기괴망측한생리현상이즉배가고프다는상태렷다.
배가고프다. 한심한일이다. 부끄러운일이었다. ─같은 글(Ⅱ,
p. 81)

얼굴이 이렇게까지 창백한 것이 웬일일까 하고 내가 번민(煩悶)
해서 ─ 내 황막(荒漠)한 의학 지식이 그예 진단하였다. ─ 회충
(蛔虫) ─ 그렇지만 이 진단에는 심원(深遠)한 유서(由緖)가 있
다. 회충이 아니면 십이지장충 ─ 십이지장충이 아니면 조충(絛
虫) ─ 이러리라는 것이다.

회충약을 써서 안 들으면, 십이지장충약을 쓰고, 십이지장충약
을 써서 안 들으면 조충약을 쓰고 조충약을 써서 안 들으면 그다
음은 아직 연구해 보지 않았다. ─「공포의 기록」(Ⅰ-4, p. 107)

'사실적' 의학 용어들로 '상태'를 확인한다. 이와 같은 방식으
로, 예측 불가능한 글쓰기가 연출된 과학적 엄밀함과 만난다. 이
는 신기하게도 미쇼의 문학적 실험을 떠올리게 한다.

*

이상이 언급한 상태들은 진정한 의미에서의 변신을 통해 구체
화된다.

오냐 왜그러니 나는거미다. 연필처럼야위어가는것 ─피가지나
가지않는혈관 ─생각하지않고도없어지지않는머리 ─칵막힌머

리-코없는생각 ─거미거미속에서 안나오는것 ─내다보지않는
것 ─취하는것 ─정신없는것 ─방 ─버선처럼생긴밤이었다.
아내였다. 거미라는 탓이었다. ─「지주회시」(Ⅱ, p. 63)

거미는 남성인 '나'의 변신만을 보여주는 것이 아니다. 여자도
곧 거미로 변한다. 거미는 돈을 중심으로 벌어지는 인간관계, 여
기에서는 매춘을 형상화한다. 그리고 동시에 '사이'의 냄새가 되
고, 손으로 만질 수 있는 실체가 된다.

또─ 과연거미다. (환투) ─ 그는그의손가락을코밑에가져다가
가만히맡아보았다. 거미내음새는─ 그러나이십원을요모조모
주무르던그새금한지폐내음새가참그윽할뿐이었다. 요 새금한내
음새 ─ 요것때문에세상은가만있지못하고생사람을더러잡는다.
─「지주회시」(Ⅱ, p. 82)

카프카, 미쇼, 카네티와 함께 이상은 20세기 '변신'의 작가이
다. 이 작가들의 세계에서 인간의 몸은 오비디우스의 글이나 티
치아노의 그림에서 볼 수 있는 것처럼 동물, 예를 들어 사슴이
된 악타이온, 혹은 식물, 월계수로 변한 다프네로 변하고, 때로
는 기계나 도구와 마구 섞이기도 한다.
'나'의 내부가 성적·유기적 혼란 속에서 금속 무기와 하나가
되어가는 과정을 보여주는 시가 있다.

매일같이열풍이불더니드디어내허리에큼직한손이와닿는다. 황

홀한지문골짜기로내땀내가스며드자마자 쏘아라. 쏘으리로
다. 나는내소화기관에묵직한총신을느끼고내다물은입에매끈매
끈한총구를느낀다. 그리더니나는총쏘으드키눈을감으며한방총
탄대신에나는참나의입으로무엇을내어배앝았더냐. ─「시제9호
총구」(I-1, p. 68)

어떤 변신은 실체의 불안한 전이, 사라질 것을 두려워하는 정
체성의 연속을 통해 이루어진다.

나의아버지가나의곁에서조을적에나는나의아버지가되고또나는
나의아버지의아버지가되고그런데도나의아버지는나의아버지대
로나의아버지인데어쩌자고나는자꾸나의아버지의아버지의아버
지의…… ─「시제2호」(I-1, p. 45)

계속해서 생성되는 상태와 변신 속에서, 어떤 분열된 '나'는
투쟁하고 반사하며 증식하기를 멈추지 않는다.

거울때문에나는거울속의나를만져보지를못하는구료마는
거울아니었던들내가어찌거울속의나를만나보기만이라도했겠소
─「거울」(I-1, p. 32)

이상의 작품에는 수많은 거울이 등장한다. 그 거울들은 스스
로에 대한 자기 성찰의 공간이 아니라 냉혹한 단절, 차가운 분열
등을 경험하게 하는 곳이다. 이에 이상의 시는 여러 조치와 행

동을 취하고, 수학적이며 외과적 의미에서의 수술을 시행하기도
한다.

> 하나의 수학, 퍽이나 짧은 숫자가 그를 번민케 하는 일은 없
> 을까?
> 그는 한 장의 거울을 설계하였다. 그리고 물리적 생리 수술을 그는
> 무사히 필료(畢了)하였다. ─「얼마 안 되는 변해」(I-4, p. 348)

이러한 순간, 이상의 텍스트는 미끄러지는 투명한 도면 또는
공기나 물을 가르는 날카로운 선으로 그려진 설계도가 된다.
자아의 분열과 대립은 계속되고, 큐비즘풍 초상화 속 여인의
비대칭적 얼굴과 같이, 대칭은 사나운 비대칭에게 자리를 내어
준다.

> 좌 우
> 이양측의손들이서로의리를저버리고두번다시악수하는일은없
> 고 ─「공복─」(I-1, p. 218)

불안이 커져가는 대목에서 한 인물의 정체성이 다른 인물에게
투영되어 나타나기도 한다. 두 명 또는 세 명 사이에서 일어난
일이 네 명의 일이 되는데, 두 남자 사이에 한 명의 여자가 존재
하는지 비슷한 두 명의 여자가 존재하는지 독자가 더는 파악할
수 없을 때가 되면 숫자는 더 이상 늘어나지 않는다.

"내 아내를 소개허지, 이름은 임이."

"아내? 허— 착각을 일으켰군그래, 내 짐작 같애서는 그게 내 아
내 비슷두 헌데!" —「동해」(II, p. 145)

'나' 또는 '그' 앞에 느닷없이 등장해 '나'와 '그'를 당혹스럽게
하는 분신은 하이네와 슈베르트의 '도플갱어', 도스토옙스키의
'분신'을 떠올리게 한다.

허나 언제나 상과 꼬옥 같은 모양을 한, 바로 상 자신이 아니면
아니 된다. 그림자보다도 불투명한 한 사나이가 그의 앞에 막
아서면서 어정버정하는 것이었다. —「불쌍한 계승」(I-4, pp.
416~17)

날카롭고 고독하고 '잔인한' 개인으로 존재하기 위해서는 분신
에게 굴복하거나 저항해야 하는 것일까?

어차피 살아날 수 없는 것이라면, 혼자서 한껏 잔인한 짓을 해
보고 싶구나. —같은 글(I-4, p. 417)

자아의 분열과 증식, 정체성의 혼재와 존재의 쇠퇴, 이 모든
것은 우리로 하여금 한 개인의 존재에 전제되어야 하는 시공간
의 무력함 혹은 무관심을 느끼게 한다.

간결하게 전개되는 이상의 문장들이 그것을 포착한다. 느끼고
생각하고 말하기를 가능하게 하는 전제 조건으로, 그 안에서 우

리는 말과 생각을 잃기도 하고, 숨이 차오르는 경험을 한다.

*

이상은 낮은 소리로 말한다. "살고게으르고죽고."
　정체성과 자아 형성에 대한 격정적인 놀이에는 소진épuisement이
있다. 또는 수동성, 게으름.

> 오후네시. 옮겨앉은아침 ─여기가아침이냐. 날마다다. 그러나물
> 론그는한번씩한번씩이다.(어떤거대한모(母)체가나를여기갖다갖
> 다버렸나.) ─그저한없이게으른것 ─「지주회시」(Ⅱ, p. 60)

아이러니하게도 심술궂은 장난을 통해 게으름은 의무 사항이
된다.

> 사람노릇을하는체대체어디얼마나기껏게으를수있나좀해보
> 자. ─게으르자. ─그저한없이게으르자. ─같은 글(Ⅱ, p. 60)

그러나 느려짐은 곧 파멸로 이어진다.

> 나는 날마다 운명(殞命)하였다. 나는 자던 잠─이 잠이야말로
> 언제 시작된 잠이더냐. ─을 깨이면내통절(痛切)한 생애가 개시
> 되는데 청춘이 여지없이 탕진되는 것은 이불을 푹 뒤집어쓰고
> 누웠지만 역력히 목도(目睹)한다. ─「종생기」(Ⅱ, p. 164)

시간마저 해체되고 있지 않은가? 이상의 문장은 시간의 연속성을 해체함으로써, 매개적 순간의 끝없는 반짝임을 보여준다.

*

이상의 작품에서 자주 발견할 수 있는 수동성은 활짝 문을 연 공포 속으로 천천히, 가능한 한 오래, 미끄러져 들어가는 일에 몰두한다.

혼돈의 한복판에서 다음과 같은 문장을 찾을 수 있다.

> 공포의 심연 속에는 분노의 호흡이 들린다. ─「첫번째 방랑」
> (I-4, p. 407)

그런데 온화함이 이상의 세계 가까이 다가오면 공포만큼 불안해진다. 그의 글 여러 곳에서, 특히 살아 움직이는 묘사를 통해 어떻게 온화와 공포의 만남이 이루어지는지 살펴볼 수 있다.

> 거기엔 경치랄 것이 없다. 모든 것을 삼켜 버린 방대한 살기
> (殺氣)가 어디까지나 펼쳐져 있다. ─「첫번째 방랑」(I-4, pp.
> 405~406)

묘사는 다음과 같이 이어진다.

저 안개같이 보이는 것은 실은 고열의 증기일 것이 분명하다. 이 무슨 바닥 없는 막대한 어둠일까.

들판도 삼켜졌다. 산도 풀과 나무를 짊어진 채 삼켜져 버렸다. 그리고 공기도. 보아하니 그것은 평면처럼 얄팍한 것 같기도 하다. —같은 글(I-4, p. 406)

이제 곧 공포의 기운은 아주 작은 전원의 부드러운 풍경을 향해 올라가 그곳에서 둥글게 몸을 감으려 한다. 어떤 위험이 기다리고 있을까?

반짝이지 않는 별처럼 나의 몸은 오므라들면서 깜박거리고 있었다. 이미 이것은 눈물과 같은 희미한 호흡일 수밖에 없다.

그러나—나는 핸들을 꽉 붙잡고 있다. 차가운 것이 흐르고 있다. 나는 그것을 놓을 수는 없다—. 저 막대한 공포와 횡포의 아주 초입(初入)은 역시 조그마한 초원, 그것은 계절의 자잘한 꽃마저 피우고 있는, 목초가 있는 약간의 땅인 것 같다. —같은 글(I-4, p. 406)

어떻게 "목초가 있는 약간의 땅", 풀들과 꽃들이 있는 곳, 서양에서 로쿠스 아모에누스locus amoenus라고 부르는 위안의 장소, 그곳에서 '공포'와 '횡포'는 그들의 '초입'을 찾을 수 있는 것일까?

　우리는 낯선 이상의 작품이 사실은 적나라한 현실과 연결되어 있음을 느낀다. 그러나 그것은 정착할 수 있는, 그 어떤 곳에 대해서도 알려주지 않는다. 현실은 이상의 문장들, 그 속에 잠시 머물다가 타버린다.

　그러한 이유로 춤은, 언제나 다시, 더 멀리 뛰어오르기 위해 계속된다.

　한 텍스트에서 또 다른 텍스트로, 같은 텍스트 안의 한순간에서 또 다른 순간으로, 글쓰기의 자리 그 자체가 일어나 이동하고 증식하고, 멈추지 않는 리듬을 만들어낸다.

「최저낙원」의 마지막 문장이다.

　　마음 놓고 열어젖히고 이대로 생긴 대로 후후 부는 대로 짓밟아라. 춤추어라. 깔깔 웃어 버려라. (I-4, p. 156)

불란서에 가더라도

바람을 느끼면 발가벗고 알몸으로 있고 싶다.
뭐랄까. 그 형이상학적 간지러움 바람은 내 몸에
다른 生의 피부를 입혀 주는 것 같다.
모든 육체는 영원한 현재성이라는 걸 그 바람은 교시한다.
　　　　　—「바람 속에서 다른 생의 피부를 느낄 때」 부분[1]

　황지우 시의 한 구절이다. 김보나의 번역으로 프랑스에 출간된 시선집 『겨울 나무로부터 봄 나무에로』에서 이 구절을 읽었다.
　이 시는 어떤 예민하고 명백하며 실재하는 현재에 대해 말한다. 또는 거의 그러한 현재에 대해서. '~고 싶다' '~는 것 같다'와 같은 표현들이 보여주는 바와 같이 그 현재에 아직은 완전히 도달하지 못했다. 현재는 가볍고 은밀하게 다른 무엇이 된다.

1　『저물면서 빛나는 바다』, 학고재, 1995.

위의 시를 인용한 이유는 내 안에 일어난 가벼운 불안에 대해 먼저 말하기 위해서이다. 이 시는 내가 이야기해보려는 것을 어떤 면에서 이미 말하고 실행하는 중이라고도 할 수 있다. 끝없이 변신하며, 달아나는 현재의 자명함에 대해서이다.

내가 느끼는 곤혹스러움은 프랑스어로 번역된 한국 시를 읽는 독자로서밖에 말할 수 없다는 사실에서 기인한다. 이 상황은 불완전하다. 시를 읽고 내가 하는 생각들은 사실상 번역과 관련된 것이다. 그러한 이유에서 그간 읽은 시들을 한국어로 다시 읽으면 내가 느낀 감상들이 사라져버리지 않을까 하는 생각이 든다.

그럼에도 내 스스로의 불안에 맞서 나는 모험적 독자의 역할을 지지한다. 나를 포함한 또 다른 잠재적 독자들을 향해 외치겠다.

"번역을 두려워하지 맙시다."

이디시어를 사용하지 않았음에도 불구하고, 그 언어에 매료되었던 카프카가 주저하는 유대인 관객들 앞에서 유머러스한 어조로 이렇게 말했던 것처럼.

"두려워하지 마세요."

번역된 글을 읽는 독자가 없다면 왜 번역을 하겠는가? 한국 시를 번역해야 한다면, 번역된 한국 시를 읽는 독자의 위치도 인정해주어야 한다. 앙투안 베르만Antoine Berman은 '번역 비평'의 역할이 무엇인지 설명하고, 그 중요성을 주장했다. 그러므로 지금부터라도 번역 독자의 자리를 경험하고, 논해야 한다.

우리는 번역 텍스트의 생성과 영향, 문학 창작 과정에 대해 질문해볼 수 있다. 이는 전혀 새로울 것이 없는 문제이며, 서구 전통에서는 더더욱 그러하다.

특히 오늘날에는 텍스트 안에서 번역의 일부나 번역으로 유입된 개념을 자주 찾아볼 수 있다. 이동과 인용의 현상이 일어나는 것이다. 김보나가 번역한 '형이상학적 간지러움'은 한국어로 어떻게 다가올까? 프랑스어로 '형이상학'이라는 단어가 전형적인 서구 철학의 전통을 떠올리게 한다면, 한국어로 쓴 시 안에서는 어떤 역할을 할까?

나는 프랑스어로 한국 시를 읽어왔고, 지금도 열정을 갖고 읽고 있다. 때로는 번역에 참여하기도 한다. 그것은 무엇보다도 더 많은 시를 읽기 위해서이다. 나는 꽤 많은 수의 번역시를 문예지와 같은 잡지를 통해 읽을 수 있다는 것을 알게 되었다. 내가 모든 것을 보고 읽었다는 것은 아니지만, 인터넷이나 파리에 있는 서점 곳곳을 뒤지며, 파리 소르본 대학 근처 라르마탕 서점 한 구석에서 무릎을 꿇거나 네발로 걸으며, 한국 시를 찾았다. 가장 최근 출판물 중 하나는 『라 누벨 르뷔 프랑세즈*La Nouvelle Revue Française*』라는 문예지 2008년 4월 호이다. 번역가 장 노엘 주테Jean-Nöel Juttet의 진행으로 마련된 이 특집호는 「한국에서 온 편지」라는 제목으로 여러 편의 한국 현대시를 소개한다. 이번 특집호에 이어 다음 호에는 주현진과 김희균이 나와 함께 번역한 기형도의 시 몇 편이 발표될 것이다. 그리고 11월에는 블랭 출판사에서 고은의 『만인보』가 출간될 예정이다.

보통 시집의 경우, 특히 번역된 한국 시집에 대해 말하자면, 판매 성적이 좋은 편이라고는 할 수 없다. 그럼에도 고은의 『돌배나무 밑에서』와 이성복의 『남해금산』은 그들의 독자를 찾았다. 가장 많은 수의 독자가 아닐지라도 아마도 가장 주의 깊은 독자들일 것이다.

물론 소설을 찾는 독자들의 수가 훨씬 많을 뿐 아니라 번역서를 출판하고자 할 때 일반적으로 출판사들은 소설을 선호한다. 그런데 사실 소설의 성격이란 매우 다양하다. 어떤 소설에는 시가 있고, 노래가 있고, 음악이 있다. 예를 들어, 이청준의 작품에서 판소리는 집어삼킬 듯한 위험한 노래의 수수께끼가 된다. 시는 소설, 영화, 음악, 회화, 춤, 어디에든 있다. 그 어느 때보다 더……

우리는 왜 특별히, 번역시 읽기를 망설이는 것일까? 어떤 이는 번역시를 읽는 것은 진짜 시와 대면하는 것이 아니라고 말할 것이다. 바로 그러한 이유로 우리는 우리가 읽는 글이 번역된 글이라는 사실을 잊어서는 안 된다. 그리고 '본래의' 언어로 씌어진 시도 엄밀한 의미에서는 '진짜 시'가 아니라는 것을 잊으면 안 된다. 시는, 특히 현대시는, 또 다른 가능성의 여지를 언제나 열어둔다.

위에서 언급한 이성복 시인의 시집에 실린 김현의 「치욕의 시적 변용」(『남해 금산』, 문학과지성사, 1986)이라는 해설에서 김현은 이성복 작품에 나타난 '구축-해체'를 간파해낸다. "그 기억들을 의식적으로 모아, 시인은 한 편의 시를 만들었다간 부수고, 다시 만든다"(p. 92). 바로 여기서부터 김현은 근본적인 문제에 대해 묻는다. "그가 그의 기억들을 자꾸만 부수고 조립하는 것"(「서시」)은 사랑하는 사람이 그를 알아볼 때까지 그에게는 고

정된 자리가 없기 때문이다. "정처 없는 사람은 그를 그로 인식
시키게 할 표지들을 갖고 있지 않은 사람이다"(p. 93). 김현의 이
문장은 내가 살펴봐야 할 문제의 방향을 제시하는데, 지금-여기
의, 시에서의, 몇몇 한국 시인들의 작품에서의 현재와 관련된 것
이다.

일반적으로 독자들이 시 읽기를 망설이는 이유는 아마도 시
가 그들 앞에 당혹스러운 모습으로 나타나기 때문일 것이다. 소
설은 그에 비해 좀더 편안한 방식으로 그들에게 다가간다. 시는
시 내부의 거주지와 시 외부의 목적지 사이에서 움직인다. 물론
어떤 특정한 대상을 향해 말을 할 때도 있지만 스스로를 향한 시
에서 수취인은 명명되지 않는다. 만델스탐은 그의 에세이 『대화
자』에서 이 점을 강조했다. 시의 수취인은 매우 가까운 곳에 있
지만 동시에 사라져버리는 존재로서, 이름 붙일 수 없고 구체화
될 수 없다. 파울 첼란Paul Celan은 이러한 생각의 연장선에서
시는 '악수와 같은 것'이라고 말했다. 나는 한국 현대시에서 이
문제가 강하게 제기되는 것을 볼 수 있는데 인간과 인간과의 관
계에 대한 질문을 던지는 경우에도 그러하다.

이와 관련하여 김초혜의 시집 『어머니』(한국문학사, 1988)는
그 간결함으로 내게 매우 이상하고 불안한 느낌을 불러일으켰
다. 책의 제목이 가리키는 바와 같이 시의 모든 것이 어머니를
향해 있다. 책의 서문(1988년 4월, 서울)에서 작가는 "불효로 쓴
시"라는 말로 시작해 "다섯번째 시집을 어머니께 드리며"라며 글
을 마친다. 시인의 작품들은 고집스럽게 모성을 중심으로 하여
시집 헌정의 대상과 각 한 편의 시가 향하는 존재-부재하는 대

상을 하나로 일치시켰다. 이토록 가까운 관계에서 시는 독자를 초대하는 것일까? 독자는 그 가까운 관계에서 소외되는 것이 아닐까?

"바람을 느끼면"이라고 황지우는 말한다. 돌풍, 충격, 예상 밖의 감정들. 한국 시는 내게 그렇게 찾아왔다. 이를 통해 한국 시의 전반적인 특징을 말하려는 것도 아니고, 한국 시에 나타난 한국적인 특색들을 찾아보려는 것도 아니다. 나는 집단의 정체성이라는 것을 의심하며, 문학, 특히나 시는 어떤 민족의 특징을 드러내 보이지도 않는다고 생각할 뿐 아니라 오히려 그 반대의 길을 향해 가고 있다고 본다.

나는 전혀 예상치 않게 파리8대학의 한국 유학생들, 그들의 고집과 인내심, 갑작스러움을 통해 한국 시를 만났다. 그 만남은 내가 시 안에서, 그리고 시를 통해 찾는 무엇인가에 대한 답을 주기도 했다. 가장 자유로운 방식으로 받아들일 수 있는 힘을. 나는 새로운 형식을 빌려 내가 앞으로 쓰게 될 미래의 텍스트 안에, 한국 문학과 나와의 상호작용의 힘을 담아내고 싶다.

어떤 한국 시인들에게 프랑스와 프랑스 문학은 분명 낯설지 않을 것이다. 1967년 3월 20일에 발표된 김수영 시 「거짓말의 여운 속에서」에는 "불란서에 가더라도"라는 구절이 있다. 김소월의 시 「비오는 날」에는 가장 널리 알려진 프랑스 시와의 아이러니한 관계가 나타난다.

비오는 날, 전에는 베를렌의
내 가슴에 눈물의 비가 온다고

그 노래를 불렀더니만
비오는 날, 오늘,
나는 '비가 오네' 하고 말 뿐이다.

—「비오는 날」 부분[2]

그리고 김수영은 1967년 3월 20일에 발표한 시에서 "언어의
이민"에 대해, 그리고 그가 "아직도 말하지 못한 말"인 "정치 의
견"이란 단어를 찾을 수 있었던 "불란서 소설"에 대해 말한다. 김
수영의 이 시를 읽으며 이만 글을 마치려 한다.

일본 말보다도 더 빨리 영어를 읽을 수 있게 된
몇차례의 언어의 이민을 한 내가
우리말을 너무 잘해서 곤란하게 된 내가

지금 불란서 소설을 읽으면서 아직도 말하지
못한 한 가지 말—정치 의견의 우리말이
생각이 안 난다 거짓말 거짓말

거짓말의 부피가 하늘을 덮는다 나는 눈을
가리고 변소에 갔다 온다
사람들은 내 말을 믿지 않고 내가 내 말을 안 믿는다

2   범우사, 2002.

나는 아무것도 안 속였는데 모든것을 속였다
이 죄에는 사과의 길이 없다 봄이 오고
쥐가 나돌고 풀이 솟는다 소리없이 소리없이

나는 한가지를 안 속이려고 모든것을 속였다
이 죄의 여운에는 사과의 길이 없다 불란서에 가더라도
금방 불란서에 가더라도 금방 자유가 온다 해도

—「거짓말의 여운 속에서」부분[3]

3   『김수영 전집 1』, 민음사, 1981.

고요히 세상을 엿듣고 있다

공중에는 빛나는 달의 귀 하나 걸려 고요히 세상을 엿듣고 있다.

　　　　　　　　　　　　　　　—「이 겨울의 어두운 창문」 부분[1]

자고 일어나면 머리맡의 촛불은 이미 없어지고

하얗고 딱딱한 옷을 입은 빈 병만 우두커니 나를 쳐다본다

　　　　　　　　　　　　　　　　　　　—「10월」 부분

"안개 속으로 물빛이 되어 새떼가 녹아드는 게 보여? 우리가."

「도시의 눈—겨울 판화 2」는 '웃음'을 들려주는 기형도의 몇 안

되는 시 중의 하나이다. 기쁨의 예외적 순간이 희고 푸르게, 은

1　기형도, 『입 속의 검은 잎』, 문학과지성사, 1989. 이하 인용된 시는 동일 시집에
　속한다.

빛 투명함으로 빛난다.

기형도 시의 목소리는 어두운 편이며, 불화의 힘으로 세상과 연결되며, 세상과 맞서 싸운다. 그 힘은 1960년대에서 1980년 대의 한국을 살다 너무도 일찍 세상을 떠난 시인의 현실과 관계 된 것으로, 그 안에는 깊은 고통과 폭력이 드리워져 있다.

*

'박정희의 시대'라고 불리는 그 시절에 대해 이 자리에서 길게 설명할 수는 없다. 1961년, 박정희는 냉전 상황에서 북한과 대 립하고 미국과는 가까운 관계를 유지하며 '한국식 민주주의'를 구축했고, 그것은 곧 '독재'를 의미했다.

한국의 급속한 경제 성장은 미국의 지원을 받으며 과격하게 이루어졌고, 여러 계층의 국민을 소외시키며 어떠한 저항도 용 납하지 않는 형태로 나타났다. 1975년 5월에 발표된 긴급조치 에 따라 대통령에 대한 모든 비판은 범죄 행위로 간주되기도 했다.

박정희 정권에 반대해 탄압을 받은 대표적 인물로는 시인 김 지하와 훗날 대통령이 된 김대중이 있다.

박정희는 1979년 암살되었다. 그리고 전두환이 그의 뒤를 이 었다. 1980년 5월, 광주민주화운동이 일어났을 때 유혈 진압 사 태가 벌어졌고, 학생뿐만 아니라, 농민과 종교인의 시위가 계속 되었다.

이러한 시대에 김지하가 판소리의 형태를 빌려 쓴 풍자 서사시는 사람들로부터 큰 주목을 받았다.

시를 쓰되 좀스럽게 쓰지 말고 똑 이렇게 쓰랬다
내 어쩌다 붓끝이 험한 죄로 칠전에 끌려가
볼기를 맞은 지도 하도 오래라 삭신이 근질근질
                                        —「오적」 부분[2]

                    ✳

　현실의 혹독함과 인간관계의 어려움은 기형도의 작품 곳곳에
서 느낄 수 있다. 그가 자신의 유년 시절을 떠올릴 때면 씁쓸한
가난이 등장한다. 「위험한 가계·1969」는 다음과 같이 시작한다.

그해 늦봄 아버지는 유리병 속에서 알약이 쏟아지듯 힘없이 쓰
러지셨다. 여름 내내 그는 죽만 먹었다. 올해엔 김장을 조금 덜
해도 되겠구나. 어머니는 남폿불 아래에서 수건을 쓰시면서 말
했다.

그리고 불현듯이, 「폐광촌」에서는 어떤 '우리'가 '일어난다'.

화강암 같은 시간의 호각 소리가 우리를 재촉하고
새벽은 화차 속의 쓸쓸한 파도를 한 삽씩 퍼올렸다.

2　『타는 목마름으로』, 창작과비평사, 1993.

땅속 깊이 불을 저장하고 우리는 일어섰다.
날음식처럼 축축한 톱밥이 우리를 쳐다보았다.

기형도의 시는 운동권 시로 변모하지 않으면서도 은밀한 반란
을 일으키곤 한다.

*

기형도의 작품은 많은 경우, 어둡거나 창백한 난해함으로 독
자들에게 다가온다. 아니면 어떤 귀먹은 목소리일지도 모른다.
물론, 「겨울 판화」라는 제목이 보여주는 것처럼, 그의 세계에
는 판화와 같은 날카로운 묘사가 있다.

공장의 검은 굴뚝들은 일제히 하늘을 향해
젖은 총신을 겨눈다.
—「안개」부분

그렇지만 풍경들, 길들, 방들은 시의 긴장감, 두꺼운 시공간으
로 빨려 들어갈 뿐, 아무것도 보여주지 않는다.

오늘은 왜 자꾸만 기침이 날까
내 몸은 얼음으로 꽉 찬 모양이야
방 안이 너무 어두워

한 달 내내 숲에 눈이 퍼푸었던

저 달력은 어찌나 참을성이 많았던지

바로 뒤의 바람벽을 자꾸 잊곤 했어

　　　　　　　　　　—「성탄목 —겨울 판화 3」 부분

시의 소재는 위험한 밤으로부터 온다. 시 안에 이름 없는 파도
가 밀려든다. 정체를 알 수 없는 순간들이, '절대적 과거'와 같이
아래에서 위로 올라온다. 시간은 길을 잃고, 현재는 그 누구의 것
도 아닌 어떤 기억에 사로잡히고, 삶과 죽음의 경계는 모호해진
다. 김현은 기형도에 대한 글에서 고트프리트 벤Gottfried Benn
을 언급했지만, 이는 시인 게오르크 트라클Georg Trakl 작품에
나타나는 어스름한 빛의 낯섦을 떠올릴 수 있는 순간들이다.

*

　기형도의 시와 짧은 산문들 속 존재들이 우리를 스치고 지나
간다. 때로는 그림자들이 말을 하고(「조치원」), 불현듯 평범하지
만 놀라운 개인들이 등장하며, '나'는 혼잣말을 하거나 어떤 행
동으로 모습을 드러낸다.

낮은 지붕들 사이에 끼인

하늘은 딱딱한 널빤지처럼 떠 있다.

가늠할 수 없는 넓이로 바람은

손쉽게 더러운 담벼락을 포장하고

싸락눈들은 비명을 지르며 튀어오른다.
홈집투성이 흑백의 자막 속을
한 사내가 천천히 걷고 있다.

─「백야」부분

어떤 사건들은 이름과 날짜 없이도 역사적·공동체적 관점에서 의미를 갖는 듯하며, 또 다른 사건들은 나눌 수 없는 불안함으로 온전한 비밀이 된다.

갑자기 나는 그를 쳐다본다. 같은 순간 그는 간신히
등나무 아래로 시선을 떨어뜨린다
손으로 쉴 새 없이 단장을 만지작거리며
여전히 입을 벌린 채
무엇인가 할 말이 있다는 듯이, 그의 육체 속에
유일하게 남아 있는 그 무엇이 거추장스럽다는 듯이

─「늙은 사람」부분

또는

검은 잎들이 흘끔거리며 굴러갔다
손과 발이 빠르게 이동했다
담뱃불이 반짝했다. 골목으로 들어오던 행인이
날카로운 비명을 질렀다

─「나쁘게 말하다」부분

기형도의 세계에 범죄나 자살과 관련된 사회면 기사들이 암시적으로 나타나기도 한다.

언젠가 이곳에 인질극이 있었다
범인은 「휴일」이라는 노래를 틀고 큰 소리로 따라 부르며
자신의 목을 긴 유리조각으로 그었다
　　　　　　　　　　　　　　　—「가는 비 온다」 부분

실종이나 성폭력과 같은 사건도 언급된다. 그런데 중요한 것은 위의 사건들이 공동체적 실존에 있어 가장 즉각적인 의미를 포함하며 전체적인 느낌으로 다루어질 뿐이라는 것이다. 사방을 헤매는 폭력, 떠도는 욕망, 불안과 분노의 대상이 특정되지 않는다.

너무나 빈곤한 공동체의 삶은 기형도의 작품에서 언제나 위태로워 보인다. 그 무엇이 시인의 글 속에 은밀히 모습을 드러내는 수많은 생을 붙잡는지 알 수 없다. 모든 것이 곧 파괴될 듯 숨 막히게 일어난다. 그리고 시는 해체될 위험에도 불구하고, 존재가 발생하는 곳, 존재 사이의 떨림을 만들어내는 지점에, 좀더 가까이 다가간다.

*

기형도의 작품에 나타난 가족과의 관계는 모호하고, 유년 시

절의 어머니, 아버지, 누나와 같이 가장 가까운 관계인 가족은 위협적 존재로 표현된다.

> 내 유년 시절 바람이 문풍지를 더듬던 동지의 밤이면 어머니는 내 머리를 당신 무릎에 뉘고 무딘 칼끝으로 시퍼런 무를 깎아주시곤 하였다. 어머니 무서워요 저 울음 소리, 어머니조차 무서워요. 애야, 그것은 네 속에서 울리는 소리란다. 네가 크면 너는 이 겨울을 그리워하기 위해 더 큰 소리로 울어야 한다.
>
> ─「바람의 집─겨울 판화 1」 부분

이 부분에 대해 평론가 김현은 다음과 같이 말한다.

> 정말 무서운 것은 바람 소리가 아니라, 아버지와 어머니다. 가난한 아버지와 위태로운 어머니가 무서운 것이다. 어머니는 그것을 잘 알고 있다. 그래서 그녀는 무서운 것은 네 속에서 울리는 울음소리라고 말한다. 너는 아버지와 어머니를 위해 울고 있다. 나는 그것을 잘 안다. 나이 들면, 더 크게 울게 될 것이다. 그의 어머니는 옳았다. 그는 그의 울음으로 시를 만들어 모든 사람들에게 들려준다.
>
> ─해설 「영원히 닫힌 빈방의 체험」 부분

시인의 여러 작품에 등장하는 아버지는 억압하는 존재일까, 아니면 지독하게도 연약한 존재일까? 비바람 몰아치는 장면에서 불현듯 나타난 아버지의 얼굴이 물에 떠내려간다.

장마비, 아버지 얼굴 떠내려오신다
유리창에 잠시 붙어 입을 벌린다
나는 헛것을 살았다, 살아서 헛것이었다
우수수 아버지 지워진다, 빗줄기와 몸을 바꾼다
—「물 속의 사막」 부분

아버지가 액체화되는 동안, 모든 안정도 함께 떠내려가는 것
일까?

아버지, 비에 묻는다 내 단단한 각오들은 어디로 갔을까?
번들거리는 검은 유리창, 와이셔츠 흰 빛은 터진다
미친 듯이 소리친다
—「물 속의 사막」 부분

변신은 기형도의 작품 곳곳에서 일어난다. 카네티에 의하면 그
것은 감각하고 사유하는 고집스러운 방식이다. 한순간의 불빛
속 가장 평범해 보이는 무엇인가가 다른 무엇으로 변화한다.

그는
층계 밑에 서서 가스라이터 불빛 끝에 손목을 매달고
무엇인가 찾는 김을 본다.
—「종이달」 부분

변신은 더욱 거침없이 나타나기도 한다. 「조치원」에서는 평범해 보이는 상황 속, 아주 평범한 남자 한 명이 갑자기 날아오른다.

> 조치원이라 쓴 네온 간판 밑을 사내가 통과하고 있다.
> 나는 그때 크고 검은 한 마리 새를 본다. 틀림없이
> 사내는 땅 위를 천천히 날고 있다. 시간은 0시.
> 눈이 내린다.
>
> ―「조치원」 부분

그리고 「오래된 서적」에서는 책이 말을 한다. 어떻게 '나'는 책 속에서 깨어나 글자 사이에서 중얼거리고 있는 것일까?
또 다른 시에서 '나'는 나의 악기로 변신하는 중이며, 이미 스스로 연주를 시작한 듯 보인다.

> 나에게는 낡은 악기가 하나 있는 것이다. 그렇다. 나는 가끔씩
> 어둡고 텅 빈 희망 속으로 걸어 들어간다. 그 이상한 연주를 들
> 으면서 어떨 때는 내 몸의 전부가 어둠 속에서 가볍게 튕겨지는
> 때도 있다.
>
> ―「먼지투성이의 푸른 종이」 부분

기형도의 시집 『입 속의 검은 잎』에서 우리가 일반적으로 구분 짓는 생물과 무생물의 경계는 허물어진다.

땅에는 얼음 속에서 썩은 가지들이 실눈을 뜨고 엎드려 있었어.

──「밤 눈」 부분

사람이 산으로, 한국 어디에서든지 볼 수 있는 산으로 점차 변
신하기도 한다.

　사람아, 사람아 단풍든다.
　아아, 노랗게 단풍든다.

──「병」 부분

또는 말(단어들)이 인간을 향해 무엇인가를 발산하고 전달
한다.

　자리를 바꾸던 늙은 구름의 말을 배우며

──「식목제」 부분

그리고 '나'의 몸이 풍경과 하나가 되고, 식물이나 흙, 눈과 분
리될 수 없는 방식으로 연결된다.

　도시에 전쟁처럼 눈이 내린다. 사람들은 여기저기 가로등 아래
모여서 눈을 털고 있다. 나는 어디로 가서 내 나이를 털어야 할
까? 지나간 봄 화창한 기억의 꽃밭 가득 아직도 무꽃이 흔들리
고 있을까? 사방으로 인적 끊어진 꽃밭, 새끼줄 따라 뛰어가며
썩은 꽃잎들끼리 모여 울고 있을까.

*

기형도의 시를 번역한다는 것은 각각의 시가 만들어내는 긴장감, 떨림 없이는 아무것도 나타나지 않는 그 과정을 천천히 확인하는 것이다.

두 사람이 함께 기형도를 번역한다는 것은 두 개의 언어, 사회·역사적 공간, 전통 사이에 있는 무엇인가를 움직여 번역시 내부의 긴장감을 (재)형성하는 것이다.

너무 일찍 찾아온 죽음으로 시인 자신에게는 미결로 남았겠지만, 지금 우리는 의심할 여지가 없는 명백한 사실과 마주한다. 기형도의 시 사이에는 어떤 긴장감이 있고, 그 긴장감은 각 시적 구성 요소를 형성하는 긴장감에 상응한다. 기형도의 세계에서 어떤 '성분들'이 끝없이 생성되고 변신한다면 그것은 그의 시 '안'에서, '사이'에서 발생되는 긴장감에 의한 것이라고 할 수 있다.

기형도를 읽는다는 것, 번역한다는 것은 한 편의 시가 열어 보이는 '사이', 한 편의 시에서 다른 한 편의 시로 전해지는 그것을 느껴보는 것이다. 그 '사이'는 본능적으로 우리 삶의 시공간과 공기를 포착하며, 생은 어느 국가, 국민, 사회, 언어, 그 안의 불안과 불화의 방식으로 나타난다.

기형도의 시에 귀를 기울인다는 것은 그의 시를 읽을 때마다 느껴지는 특별한 힘을 경험해보는 것으로 그것은 시가 가지고 있는 말할 수 있는 힘, '사이'를 시작할 수 있는 힘이다. 시어 사이, 같은 한 사회의 말하는 주체들 사이, 사회들, 시간들 사이에서 말이다.

프랑스 정치철학자 클로드 르포르Claude Lefort는 "말(parole)은 언제나 사람들 사이에 이미 결정된 관계의 중단, 모든 규정을 벗어날 권리, 일종의 폭력을 요구한다. '자유를 갖다'라는 표현이 뜻하는 것이 그러한 것이 아닌가?"라고 했다. 이처럼 수수께끼 같은 간결함으로 감행되는 반복 속에는 기형도 시의 고유한 자유가 있다.

복숭아나무라는 예민한 사건

나희덕 시인의 아름답고도 특별한 시선집 『검은 점이 있는 누에』가 센느 출판사에서 한불 대역본으로 출간되었다. 프랑스어로 한국 시를 소개해온 김현자의 번역은 명료하고 자연스럽다. 책의 서문은 시인이자 에세이스트인 장 미셸 몰푸와Jean-Michel Maulpoix가 썼다. 훌륭한 재질의 책이라는 점 또한 언급해야 할 것이다.

나희덕의 모든 작품은 빠르게 일어나는 예민한 사건들을 경험하게 한다. 꽃이 만발한 복숭아나무가 있다. 나무의 고운 빛깔이 우리의 시선을 단숨에 사로잡지만 나무는 곧 멀어져 이내 과거가 되어버린다…… 시를 통해 우리 가까이 다가오는 모든 것이 금세 몸을 감추고 사라진다. 그리고 그것이 바로 시적 욕망을 불러일으키는 듯하다.

다시 잠깐 복숭아나무를 보자. 시에서 말하는 것과 같이 복숭아나무는 심심해 보인다. 나희덕의 시 세계에서 식물들, 혹은 사물들은 감정을 느끼거나 의지를 갖고 움직이는 것일까? 심지어 말과 같은 것들을 밖으로 꺼낼 수 있는 것일까?

또 다른 시에는 떡갈나무가 등장한다. 그 나무는 보이지 않지만 들린다. 그가 숲속에서 도토리를 떨어뜨린 것이다. 자신의 소리를 들려주기 위해서일까, 아니면 말을 하기 위해서? 시인은 그 소리를 따라 한다. 소리는 곧 한국어에 자주 나타나는 의성어나 의태어와 같은 단어가 되는 것일까?

카네티는 『군중과 권력』에서 변신 놀이는 여러 현대 예술 작품들의 근원으로 작동한다고 했다. 더 이상 어떤 우주적·사회적 질서를 전제로 하지 않는다. 오히려 변신을 통해 어떤 안정된 전체에 속한 모든 것이 흔들리게 된 것이다. 한국의 놀라운, 젊은 시인 이상을 시작으로 한국의 수많은 현대 작가, 특히 여성 시인의 시 속에는 언제나 불안한 변신이 일어나고 있지 않은가?

'새로운 달'에 대해 말하는 시인의 작품이 있다. 유머러스한 이 시에서 달은 사람의 몸을 갖게 되는데 좀더 정확히 말하자면 사람의 뒷모습이 된다. 이 뒷모습은 능선으로 표현된다. 평범하게, 조금은 코믹하게 달을 그리는 풍경은 성경의 숭고한 이미지와 결합하며 달의 섬광을 만들어낸다. 불타는 숲에 입을 댄 선지자 이사야.

시인의 언어는 잔혹할 정도로 구체화되기도 한다. 방금 발화된 말들이 공기 중에서 순식간에 얼어버리고, 거미줄이 되어버린다. '이 가슴'은 화분에 던져진 '한 줌 흙'으로, 불안의 순간에 '눈동자'는 '진흙'으로 밝혀진다.

이 모든 불안한 사건 가운데는 시인의 작품들이 은밀히 보여주는 역사·정치·상징적 빈 공간이 있는 것이 아닐까?

시인이 밝혀내고 만들어내는 이상한 사건들의 한복판에서 우리는 모든 것과 관계되지만, 결코 스스로에 대해 말하지 않는 위험한 빈 공간의 움직임을 감지한다.

불현듯, 20세기 한국이 겪은 폭력적 역사가 겹쳐진다. 「그는 먹구름 속에 들어 계셨다」라는 아름다운 시에서 우리는 어떤 인간의 존재를 느낀다. 그러나 틀렸다! 멀리에서 우리를 바라보는 것은 다름 아닌 '무등산'이다. 이 산의 '갈매기 눈매'는 '성글고 그윽하다'. 고통스러운 모습으로 나타난 그의 '가슴'에는 '흘러내리는 진물'이 있지만, 그는 곧 매우 특별한 선함을 보여준다. 밤사이 '어지러운 내 잠머리'를 지켜주기 위해 조심스레 내려왔다가 다시 신비롭게 떠나간다. 이 시를 읽으며 우리는 이 산이 '기억의 분화구'라는 것을 알게 된다. 그의 '눈동자'는 '너무도 큰 죽음', 1980년 광주를 목격했던 것이다.

나희덕 시집에 비밀스레 감춰진 개인적이며 동시에 공동체적인 비극은 사라져가는 존재들 사이에서 반짝이며, 잊지 못할 경험을 하게 한다.

미쳐버리고 싶은, 미쳐지지 않는

개미에게 말을 빼앗기지 않으려는 듯. 그것으로 시를 쓰려는 듯.
막상 의식하면 지긋지긋하기 이를 데 없는, 시에의 욕망. 그러
나, 저건 말이라도 개미와 함께 뭉개진 말일 뿐.[1]

"시가 써지지 않는다." 이인성의 소설 『미쳐버리고 싶은, 미쳐
지지 않는』은 이렇게 시작한다.

언젠가 니체는 시에 맞서지 않는 좋은 산문은 존재하지 않는
다고 말했다. 이인성의 소설 속 문장들은 '시적'인 것이 되지 않
지만 그의 소설 속에 시는 어디에든지 있다.

시는 먼저 인용의 형식으로 모습을 드러낸다. 소설은 52개의
짧은 시구로 구성되었고, 모두 한국 시인의 작품으로 그중에는

1   이인성, 『미쳐버리고 싶은, 미쳐지지 않는』, 문학과지성사, 1995, p. 131.

송찬호, 김혜순, 황지우의 시가 있다.

 그런데 인용의 바깥에서 시는 작가와 소설 속 인물(들)에게 불가능하거나 금지된 것일까? 소설의 시작부터 끝까지 보여주는 집요한 광기를 통해서는 시에 도달하는 것이 불가능하며, 도달할 수 없기 때문에 무너지게 되는 것인가? 처음부터 그 안에 있지 않은 이상 그렇다면, 어떻게 그것을 자각하지 못하는 것인가?

 그럼에도 주인공으로 추정되는 인물의 손으로 시 한 편이 씌어진다.

 다시 엎드린다. 그리고 쓴다, 늦기 전에.

 겨울비가 겨울 나무의 언 껍질을 적셔 녹인다
 쭈글쭈글 두터운 껍질이 풀린다 검게
 근질근질 깊은 속살이 가렵다 희게

 검은 나무의 손, 가지들이 손톱을
 드러낸다 키운다 투명하게
 감는데 제 몸을 친친
 긁는다 제 껍질을 박박
 부스럼난 살갗 해지도록
 속살의 상처 덧나도록

 검은 살갗과 흰 속살의 사이에서 붉은

피 돋는다

갑자기 손이 뻣뻣해진다. 시는 끝나지 않은 게 분명한데, 손길은 거기가 끝이다.[2]

이인성의 『미쳐버리고 싶은, 미쳐지지 않는』은 우리가 읽을 수 있는 아주 독특하고 불안한 소설 중 하나이다. 인물과 사건, 모든 것이 끝없는 혼란에 휘말린다. 환상과 현실의 구분이 모호해지고, 허구적 주관성의 외면과 내면, 그리고 육체 사이의 모든 경계가 무너진다("손바닥을 꺼내 들여다본다. 거기 묻어 있는 아주 오래된, 아주 희미한, 그러나 온기만은 여전한, 살이 기억하는 다른 살의 기억"). 시간의 배치 또한 달라진다. 모든 결정을 유보할 준비가 된 밤과 같이 과거는 뒤로 물러나는 대신 아래를 향해 위험하게 흘러, 미래로 이어진다.

이 보편적 불안의 연속으로, 독자는 소설에 깊이 빠져든다. 하지만 보통 때의 독서와는 달리 한 장에서 다음 장으로 이동하는 동안에 독자는 그 어떤 것도 기억할 수 없다. '나' '그' 또는 '너', 현재와 과거와 미래 사이를 오가는 동안, 식별할 수 있는 모든 형상이 끊임없이 문장 속으로 삼켜지고, 해체되기 때문이다.

2   같은 책, p. 130.

입속에서 굵은 모래가 서걱거렸다

나는 몸을 엎드리며 편지 쓰는 외사촌의 귀에 속삭인다.

"나는 편지 말고 다른 글을 쓸 거야."

외사촌이 편지지에 볼펜을 댄 채 나를 물끄러미 보며 묻는다.

"무슨 글 말이니?"

열여섯의 나. 아직 누구에게도 한번도 말해본 적이 없는 비밀을
외사촌의 귀에 대고 속삭인다.

"시나 소설 같은 것 말야."

외사촌의 눈동자가 휘둥그레진다.

"그러니까 작가가 되겠다는 거니?"[1]

신경숙의 『외딴방』. 버지니아 울프의 『자기만의 방』을 떠올리
게 하는 제목의 이 소설에 나오는 열여섯 '나'의 위험한 꿈은 바

---

1   신경숙, 『외딴방』, 문학동네, 1995, p. 41.

로 작가가 되는 것이다. 꾸밈없이 솔직하게 자신의 꿈을 털어놓는 주인공의 이야기를 들으며, 그녀의 외사촌뿐 아니라 독자들도 눈이 휘둥그레진다. 지금 프랑스에서 프랑스어로 그녀의 이야기를 읽고 있는 나조차도…… 수줍음 속에 눈부신 싱그러움이 밀려든다.

신경숙의 문장을 인용한 이유는 한국 문학이 내게 어떻게 찾아왔는지 생각하게 하기 때문이다. 사실 불과 몇 년 전만 해도 내게 한국 문학은 완전히 새로운 것이었다. 파리8대학의 한국 학생들에게 문학은 교육의 대상으로 간주되는 과거의 것이 아니라 해야 할 것, 지금 만들어지고 다가오는 무엇이었다.

위험이 없었던 것은 아니다. 신경숙의 소설을 읽자 대학에서 보냈던 수많은 순간이 떠올랐다. 프랑수아-르네 드 샤토브리앙François-René de Chateaubriand에 대한 수업에 나타난 한 한국 학생에 대한 기억은 오래되었지만 강렬하게 남아 있다. 그가 내게 무엇인가를 물었을 때 나는 그때까지 전혀 알지 못하던 새로운 문학을 발견했다. 나는 그의 물음에 답하려 했고, 아니 그전에 그의 말을 그저 듣기만 했다. 그 학생 덕분에 나는 내 안에 있던 듣기의 힘을 발견했고, 머뭇거리며 용감하게 이야기하는 그의 목소리에 귀를 기울일 수 있었다. 그 후, 내가 그에게 도움을 줄 수 있었는지는 모르겠다.

나는 한국 학생들의 말을 경청하며, 그들이 다른 유학생들은 하지 않은 일을 할 수 있도록 했다. 한국 작가들이 프랑스에 오게 되면 그들은 작가들을 내 수업 시간에 초대했다. 황석영과의 만남에 대해서는 여러 차례 말할 기회가 있었는데, 내게 매우 특별한 기억으로 남아 있다. 그리고 고은, 그는 시를 읽고 이야기를 하고 노래를 불렀다. 나는 한국 작가들이 자신들의 작품에 대해 타인에게, 나와 같은 무지한, 먼 곳의 이방인에게 말하는 모습에서 관대함을 느꼈다. 사색하는 소설가이자 시인인 이청준(나는 그에 대한 글을 쓴 적이 있고, 계속해서 그의 작품을 연구하고 싶은데, 특히 『당신들의 천국』과 같이 시적·정치적 사유를 보여주는 작품에 큰 관심이 있다)과의 첫 만남은 대학이 아닌 나의 집에서 이루어졌다. 그날 우리는 밤늦도록 술을 마시며 이야기를 나누었다. 그 후 우리는 사흘 동안 함께, 한국의 산을 여행하며 대화를 이어갔다. 나의 가장 소중한 기억 중 하나이며, 이청준이 세상을 떠난 후 나에게는 하나의 프로젝트로 남아 있다. 나는 그가 죽음을 맞이할 때 한국에 있었다. 그에게 받은 것들을, 내가 할 수 있는 한, 글로 남기고 싶다.

*

한국 문학은 프랑스 사람들에게 다른 문학과 다르게 다가올까?

난폭한 질문이다. 한국 문학을 하나의 덩어리로 말하는 것은 단순한 생각이다. 우리가 칸 영화제와 같은 곳에서 한국 영화에 대해 말할 때 한국 영화 전체가 마치 단일한 모습을 하고 있는 것처럼 말하는 것과 같다. 최근에 나는 이창동 영화에 큰 관심이 생겼다. 그 영화들은 물론 틀림없이 한국 영화이지만, '한국 영화'라고만 규정하기에는 얼마나 특별한가.

창작은 다름을 통해서만 존재하며, 다름을 통해 작품 안, 작품 사이에서 늘 같은 곳으로 귀결되지 않을 수 있는 것이다. 이러한 다름을 만드는 행위는 사회 안에서 예술의 행동을 이끌어내는 방법 중 하나이다. 모든 민족주의 문학에 반대하는 미국의 시인이자 평론가 케네스 버크Kenneth Burke는 다음과 같이 말했다. "문학은 사회가 너무 사회로만 존재하는 것을 막아준다."

한국 현대문학이 우리에게 주는 충격은 바로, 비극적 분단 이후 수십 년 동안 같은 한 사회, 남한 사회 혹은 사회의 가장자리 가장 가까운 곳에서, 다름과 역사적 긴장 상황, 관계와 단절의 위험을 말하고, 구현해내는 힘에서 비롯된다.

한국 문학에서 다름의 힘은 분명 박동하는 문학 장르와 형식에 의해 만들어진다. 신경숙의 소설에서 '열여섯의 나'는 '시나 소설'을 쓰겠다고 한다.

이청준의 소설은 강렬한 시적 힘을 발산하는데, 예를 들어 「서편제 ― 남도 사람」에서 노래는 실질적인 힘을 가진 불안한 현존이다.

시에 사로잡힌 소설가들도 있다. 이성복, 황지우, 김혜순 등 52명(1년을 구성하는 52주) 시인의 시구절로 구성된 이인성의 『미쳐버리고 싶은, 미쳐지지 않는』이라는 소설은 다음과 같이 시작된다. "시가 써지지 않는다." 이 무력감의 고백은 열에 들떠 서서히 주관성을 확대하는 이 소설의 기이한 원동력이 된다.

프루스트에서 포크너, 이청준에서 이인성. 가장 혁신적인 소설들을 읽을 때, 우리는 이야기의 흐름에 더는 매몰되지 않는다.

수직적인 독서를 경험하고, 책의 한 구절에 잠시 멈춰 몇몇 문장들이 발현하는 시적 힘을 만끽하기도 한다. 그리고 한 편의 시, 한 편의 그림 속 떨리는 화면에서 뿜어져 나오는 긴장감 같은 것을 느낀다. 그것은 투박한 회색빛 박수근의 작품 속 화면을 가로지르는, 금방이라도 일어설 듯한, 강렬하고 위험한 뿌리를 드러낸 땅의 진동과 가까운 것으로, 음악가 윤이상에게서 느껴지는 고유한 몰입과도 관계가 깊다.

이청준의 「서편제 — 남도 사람」을 읽을 때 나는 소설의 일부를 문맥에서 떼어낼 수 있을 뿐만 아니라, 프랑스어로 번역된 문장이라고 해도 그 문장이 지닌 고유의 소리를 들을 수 있다. 어떤 면에서 그 문장들은 기형도의 시적인 산문, 그리고 황지우의 어느 시구절과도 울림을 함께하는 것 같다.

> 여름마다 콩이 아니면 콩과 수수를 함께 섞어 심은 밭고랑 사이를 타고 들어간 어미는 소년의 그런 기다림 따위는 아랑곳이 없었다. 물결 위로 떠오는 부표처럼 가물가물 콩밭 사이를 오락가락하면서 하루 종일 그 노랫소리도 같고 울음소리도 같은 이상스러운 콧소리 같은 것을 웅웅거리고 있었다. 어미의 웅웅거리는 노랫가락 소리만이 진종일 소년의 곁을 서서히 멀어져 갔다간 다시 가까워져 오고, 가까워졌다간 어느 틈엔가 다시 까마득하게 멀어져 가곤 할 뿐이었다.[2]

---

2 『서편제』(이청준 전집 12), 문학과지성사, 2013, p. 16.

*

　내가 지금-여기에서 한국 문학 전반의 에너지, *시적·역사적
용기*를 느꼈다고 믿는다면 그것은 너무 순진한 생각일까?

　한국 문학작품을 읽으면서, 번역에 참여하면서 나는 혼자 낮
은 목소리로 이렇게 말하곤 했다. 한국의 시와 소설은 매우 다양
하고 서로 상충되기도 하지만, 어떠한 절망과 관계된 것이든, 분
열된 한국 문학과 한국 사회 밖으로 나가는 에너지를 찾으려 한
다고 말이다. 한국이라는 고유한 시공간 깊숙이 들어가 있으면
서도 동시에 세계를 향해 나아간다. 베르길리우스의 『아이네이
스』를 떠올리게 하는 황지우의 시에서처럼 "길이 거품이 되"어간
다. 라틴어로 된 시구절을 하나 번역해본다. "즐거운…… 그들은
견고히 짠 거품을 만들었다."

　한국 문학의 환하고 어두운 힘은 한국 역사와 틀림없이 깊은 관
계가 있을 것이다. 역사는 시나 소설에서 결정적인 역할을 한다.

　그러한 이유로 프랑스인에게 한국 문학을 소개하기 위해서는
한국의 역사적 상황을 알리려는 노력 또한 동반되어야 한다. 황
석영 소설의 한 대목을 살펴보자.

　　모두들 광주에서의 무자비한 양민학살을 보고 들었고 그것이 불
　　의 시대였던 팔십년대의 시작이었다.[3]

3　『오래된 정원 — 상』, 창비, 2000, p. 104.

나는 광주에서 일어난 사건들이 이승우 등 여러 한국 소설가의 작품에서 다루어지고 있으며, 많은 작가에게, 감옥에 투옥되거나 고문을 당하기도 했던 그들에게, 매우 중요한 의미를 갖는다는 것을 알게 되었다. 이와 관련된 영어권 도서들을 찾을 수 있었지만, 프랑스어로 된 책은 본 적이 없다. 적어도 이 같은 주제에 대해서는 프랑스어로 책을 쓰거나, 번역·출간하려는 노력이 이루어져야 한다.

19세기 이후, 프랑스와 영국에서 소설·역사·사회학은 분리될 수 없는 방식으로 서로 긴밀히 연결되었다. 볼프 레페니스는 『세 문화』에서 바로 이 문제에 대해 논의한다. 프랑스에 한국 문학을 알리기 위해서는 다각도의 연구가 이루어져야 하는데, 아직 이런 점이 부족한 듯하다.

많은 한국 소설은 20세기 한국의 고통스러운 역사의 결정적인 순간들을 새로운 시선으로 바라볼 수 있도록 한다. 우리로 하여금 과거의 현재와 집단의 고통 속에서 개인의 선택이 가져온 혼란을 경험하게 하고, 개인으로 살아야 했던 순간들의 불투명함과 역사적 회고가 함께하는 것을 보게 한다. 다음은 황석영의 『오래된 정원』의 한 장면이다.

아버지는 이듬해 봄에 그네를 다시 만나게 됩니다. 해방 이후 가장 크게 좌우익이 격돌한 사십칠년의 삼일절이었어요. 제주도에서는 사삼항쟁의 시발이 되었고 전국적으로 파업과 항쟁과 살육이 시작되었어요.[4]

황석영은 그가 알고 있는, 다가올 역사의 시간과 현재를 사는 그의 인물들의 무지, 그 사이의 뜨거운 접합점을 만들어낸다.

또한 황석영은 한국의 역사를 조금 더 거슬러 올라가, 서양 세력으로부터 개화의 압박을 받던 결정적 순간을 보여주기도 한다. 다음은 『심청, 연꽃의 길』에서 인상적인 장면 중 하나이다.

> 나하 항구의 내항에는 민간이 운영하는 마아랑센이나 얌바루센 몇 척이 정박되어 있었고, 가까운 바다를 순찰하는 리유센도 방바제 언덕가에 대어져 있었다. 수평선 너머로 서양 증기선 두 척과 범선 두 척이 나타났다. 바닷가에서 이를 본 사람들이 나하의 자이반에 알렸을 무렵에는 슈리 성에서도 먼바다를 관측할 수 있어서 관인들이 서쪽 성벽의 전망대로 하얗게 몰려나갔다.
>
> 우치나 사람들은 앞뒤의 돛대 가운데 우뚝 솟은 굴뚝에서 연기가 오르는 화륜선을 전에도 본 적이 있었다. 그런 배는 바람이 없이도 자유자재로 동서남북을 마음먹은 대로 향해할 수가 있었고 함포의 사격을 위해서도 수시로 방향을 바꿀 수가 있었다. 가운데 철갑 화륜선 한 쌍이, 그리고 뒤편에 범선이 따랐다. 배는 내항으로 돌어오지 않고 멀찍이 정지하여 우선 위협 사격을 했다. 내항 가까이 포탄이 날아와 거대한 물기둥을 만들었다.
>
> 그것은 나중에 알려졌지만 아메리카의 해군 준장 폐리 제독이 이끄는 프리깃 함과 병력을 실은 선단이었다.[5]

＊

상상력이 풍부한 이상한 기록 보관자로서 소설가들은 서양뿐 아니라 아마 한국에서도 공동체의 기억에서 지워진, 한국인들의 과거를 발견할 수 있게 해준다.

그들은 아주 멀리에서 왔다. 입속에서 굵은 모래가 서걱거렸다. 벽이 없는 천막으로 마른바람이 불어왔다.[6]

김영하의 소설 『검은 꽃』의 이 문장을 읽고 나는 혼란스러웠다. 내게 슬며시 전혀 다른 텍스트를 떠올리게 했기 때문인데, 러시아 문학의 거장 안드레이 플라토노프Andrei Platonov의 『잔 Djann』이 문득 생각났다.

김영하의 문장 속 "아주 멀리에서" 오는 "그들은" 누구일까? 그들은 어디에서는 오는 것일까? 어디에서 길을 잃은 것일까?

떠나온 나라에선 전쟁이 계속되고 있었다. 1904년 2월. 일본은 러시아에 선전포고했다. 전쟁이 시작되자마자 일본군은 조선에 상륙하여 서울을 장악하고 뤼순의 러시아 함대를 공격했다.[7]

5   문학동네, 2003, p. 175.
6   김영하, 『검은 꽃』, 문학동네, 2003, p. 12.
7   같은 책, p. 12.

이렇게 나는 그들이 러일전쟁 중이라는 것을 알게 되었다. 서구에서는 까맣게 잊어버린 전쟁으로, 실은 20세기에 벌어지게 될 세계적 전쟁의 시작을 알리는 거대한 충돌이었다. 몇 년 전 나는 샌프란시스코 한 신문의 특파원 자격으로 이 전쟁 동안에 한국에 파견된 잭 런던이 쓴 취재 기사에 대한 연구를 한 적이 있다.

한국의 소설가들은 통찰력과 상상력으로 매우 일찍, 때로는 매우 혹독하게 모국을 떠나 다른 나라로 이주하게 된 한국인의 주목받지 못한 여정을 그려낸다. 예를 들어, 신경숙 소설 『리진』의 주인공을 보자. 이 소설은 프랑스어로 번역됨으로써 19세기 프랑스로 건너온 한 젊은 한국 여성의 여정을 완성시킨다.

프랑스어판 서문에서 신경숙은 이렇게 썼다.

> 여러분은 이제 백 년 전 오래된 풍경을 배경으로 일어날 이야기를 읽게 될 것입니다. 소설의 주인공 리진, 그녀가 살던 시대에 프랑스에 출간된 한 권의 책 덕분에 저는 그녀를 만났습니다. 조선(그 당시 한국을 이렇게 불렀습니다)에 파견된 프랑스 외교관 한 명이 자신의 나라에 조선을 알리기 위한 목적으로 쓴 책에 그녀의 삶이 짧게 언급되어 있었습니다.

*

지구의 한쪽에서 다른 한쪽으로 전해지는 것, 옮겨져 가는 것 ─ 뒤 벨레Du Bellay가 사용했던 16세기 프랑스어 단어로 표

현한다면 이동translation, 오늘날의 말로는 번역traduction이라고
해야 할 것이며—, 그중에는 사람들이 먹고 마시는 것들도 있
다. 카네티는 우리가 음식을 씹을 때와 단어를 말할 때 모두 입
을 사용한다는 사실이 불안하다고 했다. 이 세상 어디에 살든
지 간에 음식과 단어는 아주 오래전부터 필연적인 관계로 연결
되어 있다.

이승우의 소설 『식물들의 사생활』의 마지막 부분에서 가족들
은 아버지가 준비한 저녁을 함께 먹는다.

> 저녁은 만찬이었다. 아버지가 만든 음식들이 식탁 위에 놓였을
> 때 나는 음식들이 참 아름답다는 생각을 했다. 아버지는 라조기
> 와 민어찜과 두부전골과 굴탕을 만들었다. 그것들은 먹으라고
> 진열되어 있는 것이 아니라 감상을 하라고 전시되어 있는 것처
> 럼 보였다. 그것들은 음식이 아니라 예술품들처럼 보였다. 어머
> 니와 형도 나와 생각이 같은 듯 식탁 앞에서 한동안 입을 열지
> 못했다. 나는 어머니의 얼굴에 순간적으로 나타난 감격의 표정
> 을 놓치지 않았다.
> "자, 다들 앉아서 세계적인 요리사가 만든 음식을 즐기십시
> 오." 나는 일부러 호들갑스럽게 소리치며 네 개의 유리잔에 포도
> 주를 따랐다. "샤토 오존입니다. 아시는 분은 아시겠지만, 이 와
> 인은 프랑스 보르도 지방의 생데밀리옹에서 나온 포도로 만든
> 술입니다. 이 와인의 이름에 시인이며 제정 로마 시절 총독이었
> 던 오존의 이름이 붙은 것은 한때 그가 이 지역을 차지한 적이
> 있었던 데서 유래했다고 합니다."[8]

시와 소설 속에서 단어는 그들의 육체적 실존을 되찾고, 우리로 하여금 지구라는 시공간 속에서 유한한 존재로 살아가고 있다는 사실을 잊지 않게 해준다. 세계화로 가고 있다고 말하는 우리에게 이 명백함을 다시 환기시킨다. 우리는 번역된 작품들이 거쳐온 여정을 짐작해볼 수 있다. 나는 프랑스어로 번역된 한국 소설이나 한국 시를 읽을 때, 그것들이 이동하는 동안 남긴 흔적들을 느끼며 거품이 되는 세계의 공기를 감지한다. 그렇게 시와 소설은 지금 이곳의 수많은 이민자의 힘겨운 삶이 보여주는 것과 같이 현실의 무엇인가에 대해 우리에게 말한다.

한국 문학은 나로 하여금 내게 가장 친숙한 세계, 이곳 프랑스 파리와 오를레앙의 현실을 보다 더 예민하게 바라보고 느낄 수 있게 해준다.

아직도 나를 뒤흔들고 있는, 위에서 언급한 김영하 소설의 한 구절을 다시 읽어본다. "그들은 아주 멀리에서 왔다. 입속에서 굵은 모래가 서걱거렸다. 벽이 없는 천막으로 마른바람이 불어왔다."

8 문학동네, 2000, pp. 265~66.

내가 그 바다에서 걸어나올 시각

시의 힘으로 나가기? 어떤 '이곳'에서 벗어나야 하는 것일까? 어떤 해방의 영역에 다다르기 위해?

나는 시방 바다로 걸어들어간다.[1]

김혜순의 시 「어머니 달이 눈동자 만드시는 밤」은 이와 같이 시작된다. 그러니까 희망이란 자유의 바다에 몸을 담근다는 것일까?

확실한 것은 아무것도 없다. 왜냐하면 우리는 곧 같은 시에서 다음과 같은 구절을 읽게 되기 때문이다.

그러나 시방은 다시금 내가 그 바다에서 걸어나올 시각

---

1   김혜순, 『달력 공장 공장장님 보세요』, 문학과지성사, 2000.

김혜순의 세계에는 비가역의, 행복한 잠수는 결코 일어나지 않으며 아마 바랄 수도 없을 것이다.

*

김혜순을 읽는다는 것은 언제나 원초적 감각에 몸을 맡기는 것, 빛이나 어둠, 공기 또는 물, 땅속으로 빠져드는 것을 뜻한다.

시의 화자가 온 힘을 다해 그 감각에 열중하면 감각은 해방되어, 예측할 수 없는 강렬한 것이 된다.

역설의 동맹을 형성하고, 불안하지만 능동적인 혼합체 속으로 녹아드는 것이 바로 여기 있다. 「산들 감옥이 산들 부네」, 단단한 공기를 내뿜는 제목이다. 그리고 불현듯이 우리는 싸우기, 얽히기, 밀어내기, 떼어내기, 삼키기 등과 같은 잔혹한 행위에 연루되었음을 느낀다.

> 내가 못을 박듯 폭력적 단어를 하나 박는다면, 나는 그 단어가 백 개의 구멍으로 생겨난 피멍과 같이 문장 안에서 곪아 들기를 바란다.[2]

김혜순의 시를 읽는 프랑스 독자들은 아마도 앙토냉 아르토의 전집 서문에 쓰어진 위의 문장을 떠올려볼 수 있을 것이다. 그런

---

2   Antonin Artaud, *Œuvres*, coll. «Quarto», Paris, Gallimard, 2004, p. 21.

데 김혜순의 세계에서 잔혹함은 흔쾌히 조롱으로 바뀌고 우리는
시인과 함께 웃는다. 우리가 때때로 미쇼와 함께 그러할 수 있었
던 것처럼……

김혜순을 읽으며 우리는 기이한 환희를 경험한다. 절대 사나
움을 잃지 않은 환희. 시인에게, 시는 자신에 대한 자신을 포함
한, 지배 세력을 실질적으로 즉시 뒤흔들어놓을 수 있는 것의 언
어이며, 굴복하지 않는 용기이다. 스스로에 대한 정의나 이미지
가 붙잡아놓은 것에조차.

*

김혜순 시에서 폭력의 역사는 분명하게 드러나며, 이 문제
는 외국 독자에게 더욱더 예민하게 다가온다. 시인은 한반도 분
단이 가져온, 이미 반세기가 넘는 시간 동안 얼어붙은 채로 남
아 있는 상처를 잊지 않는다. 한국전쟁이 일어난 1950년에서
1953년으로 돌아가봐야 할 것이다. 세계적 규모의 충돌이 한
국이라는 곳에서 무참히 벌어져 한반도를 황폐하게 만들어버렸
다. 이제 우리는 그 이전의 시간으로, 20세기 초반으로 거슬러
올라가 이상과 같은 한국 시인들의 작품에서 일본의 폭력적이고
냉혹한 통치의 흔적들을 찾아야 할지도 모른다.

김혜순이 실행하는 풍자적인 전복들은 프랑스 독자로 하여금
20세기 후반, 독재 정권하에서 '발전'을 강요당해온 한국의 정치
적·사회적 폭력의 여파를 선연히 느낄 수 있게 한다.

비명은 내 인생의 안내자
당신 덕분에 나는 아직 직립해 있어요
당신이 세차게 타오르면 나는 더욱 환해지고
당신이 더 세차게 타오르면 지나가던 사람이 나를 돌아보지요

—「비명생명」 부분[3]

  시인의 어떤 작품들에서는 강렬한 논쟁이 불타오르고 있
다. 하지만 기다려진 것은 없다. 시인에게는 미리 획득된 소속
도, 비소속도 없다. 자신을 여성 시인으로 명명하는 전통적 틀을
깨는 것만으로는 충분치 않다. 그러하기에 겉으로는 새로워 보
이는 말들로 자신을 다시금 분류하려 드는 모든 것은 부서뜨려
야 할 새로운 억압이 되고, 때로는 스스로에 대한 조롱으로 나타
난다.

  그리하여 나는 여성시인. 여성시라는 게토에 집어넣어진 시
인. 게토 밖으로 나오지 않으면 좋을 텐데 툭 하면 나와서 짹짹
거린다. 코마에 들어 첫사랑의 여자처럼 '여성'이라는 분비물만
멀리서 내뿜어주면 좋을 텐데 계속 침방울, 콧물방울을 튀기며
떠든다. 그저 '여성'만 하면 좋을 텐데 나가고 싶어요! 울고 징징
거린다.

—「나의 지옥, 나의 뮤즈」 부분[4]

3   『당신의 첫』. 문학과지성사, 2008.

한국의 다른 많은 여성 시인들도 그 게토에서 빠져나오기 위해 노력하고 있을 것이다. 김혜순은 자기 자신에게서 시를 떼어내며 그 일에 몰두한다.

*

입에서 지렁이가 나오는 저 여자
너무 두들기진 마세요
매일 매일 두들겨 맞으니까 입에서
지렁이가 한 가마니 두 가마니 쏟아지잖아요
나중엔 제 내장까지 꺼이꺼이 다 토하고
빈 몸으로 뭉개지네요
냄새 한번 요란하네요

—「장마」 부분[5]

여성에게 가해지는 다양한 형태의 폭력, 시인은 그 사실을 부정하지 않으며 자신이 글을 쓰며 살고 있는 사회에 견고하게 유지되고 있는, 그리고 다시 가혹한 방식으로 만들어지는 구속과 억압에 맞서 싸운다.

그렇지만 시인의 작품들은 정치적 선언이 아니다. 「공산당 선언」의 마지막 구절을 인용한 듯 보이는 시의 제목, 「전세계의 쓰

4   『여성, 시하다』, 문학과지성사, 2017, p. 72.
5   『당신의 첫』.

레기여 단결하라」[6]는 얼마나 역설적이며 그로테스크한가? 이런 전복을 통해 시인은 기존의 위계 질서와 획득된 포지션의 용해를 촉진시킨다.

'쓰레기'와 '찌꺼기'에까지 말을 걸어온, 그 모든 것이 저항 안에서,[7] 평등을 만들어내는 부글거림으로 해방될 수 있게 하는 것이 시의 행위이다.

> 나는 시 안에서 여럿이다. '나'는 복수다. '나'라는 주체, 인식 주체는 해체되어 있다. '나'는 한 번도 단 한 명인 '나'로서 시 안에 살았던 적이 없다. 이 인식 주체들의 헷갈림이 나를 시 쓰게 한다. 나는 처녀이면서 어머니이고, 천사이면서 창녀다. 갓 태어난 아기이며, 죽음 직전의 늙은 여자다. 내가 어머니일 때, '나'인 처녀가 아프고, 내가 처녀일 때 '나'인 어머니가 아프다. 시를 내뱉는 관음보살의 열린 치맛자락엔 학교를 파하고 교문을 뛰쳐나오는 어린아이들처럼 수많은 '나'들이 매달려 있다. 시 속의 '너'들도 매달려 있다.[8]

6   『당신의 첫』.
7   (원주) 프랑스어권 작가들 중 김혜순을 떠올리게 하는 작가는 미쇼일 것이다. 미쇼의 시 「저항에 기대기를Qu'il repose en révolte」(1949)과 같은 시를 읽어보면, 금세 알아차릴 수 있다. "어둠 안에서, 저녁 안에서, 그의 기억이 될 것이다/고통받는 것 안에서, 진물 쏟는 것 안에서/찾지만 발견하지 못하는 것 안에서/모래톱에 터져버리는 상륙함 안에서/선을 그리는 총알의 출발 소리 안에서/유황빛 섬 안에서 그의 기억이 될 것이다."(Henri Michaux, *La vie dans les plis*, Gallimard, coll. «Poésie», 1949)"
8   김혜순, 「In the Oxymoronic World」, 시인의 영문 시집 『전 세계의 쓰레기여, 단결하라!*All the Garbage of the World, Unite!*』(최돈미 옮김, Action Books, 2011) 서문.

김혜순의 세계에서의 끝없는 반항은 거대하고 은밀한 변신의
형태로 나타난다.

변신의 힘은 모든 신화와 전통적 시 세계에서 찾을 수 있지
만 현대로 와서 변신의 열망은 인간의 실존, 인간과 현실과의 관
계를 성급하고 위험하게 합리화하는 과정에서 매우 특별한 경로
를 따라가야 했다.

이러한 혼란과 불안의 영역에서 김혜순은 의식적이든 무의식
적이든 다른 언어권의 작가들과 만나게 된다. 그의 작품을 읽으
며 우리는 지난 100년 동안 등장한 세계의 시인들, 산문가들을
떠올릴 수 있고, 그들과 하나의 가족 관계를 구성해볼 수도 있
다. 특히 역사적·정치적 상황이 만들어낸 아물지 않은 상처를 갖
고 있는 동유럽의 작가들과 깊은 연관점이 있어 보인다.

카프카Kafka, 슐츠Schulz, 흐라발Hrabal 그리고 물론, 개념보
다는 변신을 통해 사유하기를 원했던 카네티Canetti.[9]

---

9   (원주) 카네티에게 있어서 본질적으로 시인들이 해야 할 일은 무엇인가? "그들
    이 모든 방법을 다해 지키고자 했던, 보편적이었으나 지금은 쇠약해질 수밖에 없
    는 재능으로, 그들은 존재들 사이의 접근이 언제나 가능하도록 해야 할 것이다.
    그들은 가장 나약하고, 가장 천진하며, 가장 무력한 그 누구라도 될 수 있어야 할
    것이다. 내부에서부터 시작된 타인을 경험하고 싶은 그들의 욕망은 결코 정상적
    인 삶을 목표로 해서 결정되어서는 안 될 것이다. 〔……〕 오로지 변신을 통해서만
    〔……〕 우리는 한 존재의 말 뒤에 숨어 있는 것을 느낄 수 있게 될 것이다. 다른
    방법으로는 살아 있는 것이 가진 실재의 견고함을 발견할 수 없을 것이다."(Elias
    Canetti, *Le métier du poète*, 1976; dans *La Conscience des mots*, traduit de
    l'allemand par Roger Lewinter, Albin Michel, 1984, p. 327.)

김혜순의 시에서 펼쳐지는 변신은 기꺼이 아이러니하며 풍자
적이다.[10] 「물 속에 잠긴 TV」[11]에서와 같이 친숙한 사물들이 갑자
기 이상한 힘에 의해 서로 치환된다. 또한 여성에게 부과된 일상
을 조롱하며, 그 일상은 그로테스크한 변신의 공범이 된다.

솥이 된 '또 하나의 타이타닉 호'

1911년 건조되었고, 선적지는 사우샘프턴

속력은 22노트, 여객선, 한 번 항해에 2천 명 이상 탑승한 경력

내가 결혼한 해에 해체되었으며

지금은 빵 굽는 토스터, 아니면 주전자, 중국식 프라이팬,

한국식 압력 밥솥이 되었다

상처투성이의 큰 짐승

—「또 하나의 타이타닉 호」 부분[12]

*

그리고 여성의 몸은 고갈되지 않는 불확실한 이미지의 원천이
된다. 모든 것이 피로 뒤덮인 아래의 시에서처럼 말이다.

10 (원주) 멀지만 가까운 곳의 독자로서 나는 한국의 여러 시인(이상, 기형도, 강정)
    과 소설가(이청준, 이인성)의 세계에서도 변신이 중요한 역할을 하고 있다는 것을
    알 수 있다.
11 『달력 공장 공장장님 보세요』.
12 같은 책.

저만치 산부인과에서 걸어나오는 저 여자
옆에는 늙은 여자가 새 아기를 안고 있네

저 여자 두 다리는 마치 가위 같아
눈길을 쓱 쓱 자르며 잘도 걸어가네

그러나 뚱뚱한 먹구름처럼 물컹거리는 가윗날
어젯밤 저 여자 두 가윗날을 쳐들고
소리치며 무엇을 오렸을까
비린내 나는 노을이 쏟아져 내리는 두 다리 사이에서
　　　　　　　　　　　　　　　—「붉은 가위 여자」 부분[13]

　자연의 수수께끼인 출산의 적나라한 현장이 시인의 풍부한 상
상력과 결합된다. 한 몸에서 또 다른 몸이 나오는 장면과 함께 만
들어지는 불안한 경이로움은 우리로 하여금 수많은 이미지, 가족
과 사회의 가장 엄격한 통제 등을 떠올리게 하지 않는가?[14]
　김혜순을 「천국과 지옥의 결혼」의 작가 윌리엄 블레이크William
Blake와 연결해 생각해볼 수도 있다.

13　『당신의 첫』.
14　(원주) 잉게보르크 바흐만Ingeborg Bachmann의 시에서도(『추락하는 것은 날개
　　가 있다Toute personne qui tombe a des ailes』) 이러한 장면이 나타나지만 시적
　　이미지를 만들기 위해서라기보다는 집요하게 쫓아다니며 괴롭히는 사회의 이미
　　지 중 하나를 표현하기 위해서였다. "공포의 태반 안에서/기생충이 새로운 양식을
　　찾는다".

나의 어머니는 신음하고, 나의 아버지는 울 것입니다
나는 위험한 세상에 뛰어들 것입니다
힘없이, 발가벗은 채, 목청을 다해 지저귀며
구름 뒤에 숨어 있는 악마처럼[15]

불현듯 여성적 기관에 대한 시선들이 해방되어, 명명되지 않
은 외부의 세계에서 내부의 냄새와 질감을 발산한다. 자신들의
구체적이며 환상적인 물질로 '우리나라'를 에워싸는데, 그 나라
는 분명 김혜순에게 완벽한 '어머니'가 아니었을 것이다.

우리나라 육지 삼면을 바다가
자궁벽을 둘러싼 윤활유처럼 둘러싸고 있구나
—「바다 젤리」부분[16]

*

김혜순은 친숙함을 뛰어넘는 기괴한 얽힘의 현실성을 '나'와
사물들의 관계에 부여한다.
그리하여 기차를 타고 가는 중에 한 여행자는 자신의 시선이
만든 통로를 통해 자신이 본 것들 속으로 미끄러져 들어가 그것

---

15 (원주) 이 시를 프랑스어로 번역한 조르주 바타유는 이 시와 관련해서 "요람에
    서부터 시작된 모든 권력에 대한 시인의 저항"에 대해 말한다(*William Blake*,
    traduit et présenté par Georges Bataille, Fata Morgana, 2008).
16 『당신의 첫』.

들과 뒤섞이게 된다.

> 나는 또 무한정 키가 커버린 첼로처럼 푸르르 떨며 철길을 내다
> 보고
> 화물 기차가 내 늘어진 현을 당겼다 놓고 가면
> 내 얼굴엔 찬별이 떠서 얼굴이 저려온다는 거
> 나는 쇠줄 두른 손목시계의 나사를 하나하나 풀듯
> 숱한 그림자 타다 만 시체처럼 누워 있는
> 기찻길의 침목을 하나하나
> 눈동자 속으로 삼킨다는 거
> ──「트레인스포팅」 부분[17]

　여기에서도 역시, 주어와 사물 각각의 위치, 그들 사이의 관계
는 집요해지면서 이상한 물질로 변화한다.
　우리는 일련의 사건이 적어도 그 일을 겪은 사람들에게는 실
제적인 방식으로 지속되기 위해 스스로의 순간에서 빠져나오는
것을 본다.
　예를 들어, 어린아이 같은 고집으로 반복되는, '당신의 첫'은
무엇인가? 시는 '당신'에게 처음으로 일어난 모든 것을 향해 말
한다. '당신'에게 끈질기게 머무르는 모든 것은 시를 떠나지 않는
다. '당신'을 열정적으로 바라보는 '나'를 위해 모든 것은 도전이
나 욕망의 모습으로 예민하게 변화한다.

17　같은 책.

내가 세상에서 가장 질투하는 것, 당신의 첫,

당신이 세상에서 가장 질투하는 것, 그건 내가 모르지.

당신의 잠든 얼굴 속에서 슬며시 스며 나오는 당신의 첫.

당신이 여기 올 때 거기에서 가져온 것.

나는 당신의 첫을 끊어버리고 싶어.

—「첫」 부분[18]

*

거침없이 실행되는 이 시에서 시공간은 그 자체로 예민하고, 옹골지며, 손으로 만질 수 있는 무엇이 되지 않는가? 지나치게 두꺼운, 젤라틴 같은? 그 시공간은 저항하듯이, 알 수 없는 체험을 감행하듯이 느끼는 일에 몰두한다.

그리고 더 놀라운 것이 있다.

위의 시들에서 시공간의 실체화는 극도로 감각적인 방식으로 이루어지는데 그것은 특히, 그 지나친 실체화가 갑자기 중단되거나 스스로를 삼켜버리는 순간에 진행된다. 언제, 어디에서나 '구멍들'이 열리기 시작한다.[19] 어디에서든지 몸을 여는 구멍

18 같은 책.
19 김혜순은 자신도 모르는 사이 독일의 매우 중요한 작가 중 한 명인 한스 헤니 얀 Hans Henny Jahnn(소설가이며 극작가이자 파이프 오르간 설치 전문가)과 아주 가까워진다. 안의 세계에서도 사물이나 육체의 응집, 논리적 시공간은 때때로 공격을 당한다.

들이 만들어낸 장시 「맨홀 인류」[20]는 참을 수 없는 맹렬한 환희로 펼쳐진다.

'솟은 털들의' '물결치는' 구멍들은 불편하며, 외설스럽기까지 하다. 그 구멍들은 분명 육체의 구멍들이다. 그렇지만 그것이 전부가 아니다. 우리는 구멍들이 빠져나가는 것을 본다. 그들은 독립적이며, 적극적이다. 그들은 '터널'이 되고, '미로'가 된다. 그들은 인간들 사이 가장 중요한 관계에 영향을 미칠 것이다. 바로 여기 셀 수 없이 많은 '맨홀'을 통해 이 시대의 수없이 많은 갈망하는 존재는 몸을 열어, 항의하고 소리칠 것이다.

> 거울 연통을 두드리듯 엄마맨홀이 아기맨홀을 두드리고 있네.
> 무슨 이런 신기한 맨홀이 다 있어?
> 배고플 때마다 앙 앙 앙 눈물이 솟구치는 구멍이 있다니.
> 두 콧구멍 굴뚝이 칙칙폭폭 울부짖네.
> 아기맨홀이 울 때마다 엄마맨홀은 반도네온 폈다 오므리기 탱고
> 악사 손동작!

더 이상은 침묵할 수 없는 구멍들의 시가 찬가를 부르듯 타오른다.

구멍, 만물의 심장.

20 『슬픔치약 거울크림』, 문학과지성사, 2011.

구멍, 나의 조국, 나의 질료. 나의 따끈한 하나님.

황폐한 흥분은 분리와 소용돌이의 게걸스러운 춤 속에서 '구멍'과 '나'를 결합하려 한다.

춤은 내 구멍 속에 든 음악이 불러낸 나의 슬픔.
춤은 내 구멍을 타고 오르는 음악이 불러낸 흐느낌.
자정이 지난 시각, 거리에 나타난 굶주린 분홍신처럼 나는 춤춘다.
구멍에서 나왔으니 구멍을 입은 나의 몸이여, 한없이 증식하는 구멍이여!
나는 이 미로를 다 춤추어야 한다.
나는 이 구멍이 거룩해질 때까지 춤추어야 한다.
깃털을 단 뱀처럼 일어나 춤추는 구멍이여.
노래가 담긴 터널이여, 회오리여, 머나먼 길이여.
내 구멍이 춤춘다. 불꽃이 춤춘다. 나를 태운 재가 춤춘다.
구멍이여! 춤 속으로 사라져라!
손도 발도 머리도 없는 구멍이 춤춘다. 향로의 연기처럼 춤춘다. 발밑의 하수구가 탄성을 지르고, 바람이 탄원한다. 아이구 놀래라, 가로수 이파리들이 전부 당신의 귓바퀴다.

*

놀라운 방식으로 '실행된' 이 시에서 끓어오르는 것은 다시 한

번, 언어 그 자체가 되어야 한다. 문장과 단어는 육체와 사물, 현상이나 시공간에 영향을 주는 사건과 변신에 기여하는 동시에 실제적으로 참여한다.

그리하여 통사 구조는 새로운 접합을 진행하며, 순간적 통합과 눈부신 용접을 시도하기 위해 단어 사이의 단순한 구별을 멈추기도 한다.

그것이 바로 시의 창조적 신화 생성의 언어적 실현이다.

시어들 사이를 달려가는 웃음소리가 들리지 않는가?

> 눈동자의배꼽신. 팔뚝의귓바퀴신.
> 고구마무릎의사과씨신. 돼지발톱병아리신.
> 꿈꾸는물방개의물푸레나무신. 어여쁜아가씨의뒤꿈치발톱신. 개미귀신의고양이눈깔신. 쥐구멍의고양이몸뚱아리추깃물신.
> ──「전세계의 쓰레기여 단결하라」 부분

우리는 이 시들을 떠나지 않는다. 그들도 우리를 떠나지 않는다. 왜냐하면 잠재적으로, 모든 존재들 사이가 그러하듯, 독자와의 관계 역시 변신의 과정에 들어갔기 때문이다.

독자에게: 『악의 꽃』의 첫번째 시에서 보들레르는 우리를 향해 아이러니한 협박을 했다. 로트레아몽은 그의 잠재적 독자의 귀에 대고, 앞으로 읽게 될 것으로부터 감염될 수도 있을 것이라고 나지막하게 알려준다.

김혜순의 시에는 어떤 위험이 내재되어 있을까?

시어들 속에서 끝없이 소곤거리며 불타오르는, 우리를 쉽게 내버려두지 않는 저항, 변신, 증식, 삼킴, 고통과 웃음.

예측할 수 없는 한국 문학

내가 만난 수많은 한국인, 한국의 시와 소설, 영화 등을 모두 열거할 수는 없다. 그 만남들은 다양한 형태로 프랑스와 한국뿐 아니라 미국이나 일본에서도 이루어졌고, 나는 언제나 한국의 관대함을 느꼈다. 관대함은 줄 수 있는 동시에 받을 수 있는 자유로운 힘이다. 200년 전, 영국 시인 새뮤얼 테일러 콜리지 Samuel Taylor Coleridge는 "우리는 우리가 준 것을 받는다"라고 말했다.

'신바람'이라는 한국어 단어가 떠오른다. 어디에서 읽었는지 기억나지 않는다. 이 단어는 나에게 자유와 믿음의 숨결을 느끼게 한다.

*

지금 고백해야 할까? 20년 전 나에게 한국이라는 나라는

1950년에 발발한 한국전쟁과 뒤이어 일어날지도 모르는 제3차 세계대전의 위험을 떠올리게 했다.

한국전쟁이 일어났을 때 나는 아직 어린아이였다. 유럽의 나라들이 이제 겨우 2차대전의 충격에서 벗어나려던 그 무렵에 접한 한국전쟁의 참상이 담긴 사진과 기사는 나를 공포에 떨게 했다. 전쟁으로 파괴된 것들은 나와 가족들이 살고 있던 오를레앙, 폭탄으로 도시의 일부가 완전히 사라지기도 했던 이곳에서도 얼마든지 볼 수 있었다.

그 당시 이탈리아 시인 비토리오 세레니Vittorio Sereni는 '세계의 시간, 한국'이라고 표현했다. 지금 처음 이 문구를 본 사람이라면, 국제사회에서의 한국의 새로운 위상을 설명하는 표현으로 이해할 수도 있을 것이다. 그렇지만 당시의 '세계의 시간'은 공포의 시간을 의미했다.

20세기의 전쟁들, 태평양전쟁, 베트남전쟁이라고 불리던 전쟁의 폭력적인 역사는 많은 문학작품과 영화로 기록되었다. 하지만 영화에서 한국전쟁은, 한국 사회가 여전히 전쟁의 후유증을 앓고 있음에도 불구하고, 잊힌 듯하다. 이해할 수 없는, 뜻밖의 공백이 그곳에 있다.

*

20년 전 나는 이상과 기형도의 이름을 알지 못했다. 당시만 해도 둘 중 누구의 시도 번역된 것이 없었다. 그러나 지금은 이상의 여러 작품이 프랑스어로 소개되어 있다. 나는 주현진과 함께 『공포의 기록』이라는 제목의 이상 단편집 하나와 기형도의 시집 『입 속의 검은 잎』을 번역했다. 이 두 권의 책은 각각 레 프티 마탕과 시르세 출판사에서 출간되었다. 이와 관련하여 잠시 후에 다시 프랑스 출판사들과 한국 문학에 대해 이야기하도록 하겠다.

아무것도 예정되어 있지 않았던 15년 전, 나는 어떻게 놀라운 한국 시인 두 명을 발견할 수 있었는가?

나는 파리8대학에서 프랑스 근현대문학을 가르치고 있었다. 1968년 5월 혁명 이후에 세워진 이 대학에서 우리는 관료적 통제 없이 최소한의 위계질서를 유지하며, 특별한 자유를 누릴 수 있었다. 문학, 철학, 정신분석학, 영화학, 조형예술학 등 여러 학과들의 프로그램은 새로웠고, 대부분의 프랑스 대학과는 달리 많은 외국 학생을 받아들였다. 그럼에도 나는 20여 년간의 교직 생활 동안 한국 학생을 만난 적이 한 번도 없었다.

그러던 어느 날, 몹시 수줍음이 많고 말을 거의 하지 않는 나의 첫번째 한국 학생이 모습을 드러냈다. 뒤이어 점점 수줍음이 덜한 한국 학생들이 나타났다.

한국 학생들의 이 같은 출현은 당시 내가 인지하지 못했던 사회 전반적 상황과 밀접한 관계가 있었다. 한국이라는 나라가 세계에 존재를 드러내기 시작할 무렵이었다.

한국 유학생들은 다른 나라의 학생들과는 달리 매우 적극적으로 수업에 참여했다. 나는 그들의 말에 귀를 기울였고, 한국 문학은 곧 우리 대화의 중심 주제가 되었다. 얼마 지나지 않아 여러 한국 시인들의 이름을 들을 수 있었다. 그때 가장 처음 들은 이름이 이상과 기형도였는데, 나로서는 기억하기 쉽지 않은 이름이었다.

학교에서, 카페에서, 우리는 조금씩 번역을 준비했다. 더듬거리며 그려낸 선들이 만든 그림의 실루엣처럼 우리가 번역한 시의 형태가 점차 모습을 드러내기 시작했다.

시는 나쁜 번역도 견디어낸다고, 프랑스 시인 폴 발레리는 말했다. 우리의 첫 시도는 매우 서툴렀지만, 그런데도 그 안에서 이미 시의 본질을 느낄 수 있었다. 이것이 바로 한국이라는 나라로부터 받은 첫번째 결정적인 충격이었다.

학교는 우리에게 호의적이었다. 다시 강조하자면, 우리는 어떤 전문 학과에 소속되어 있지 않았다. 가내수공업 방식으로, 우리는 번역한 텍스트를 복사해 『Translation』이라는 이름을 붙여 잡지 형태로 교내에 배포했다.

지금 프랑스의 많은 젊은이 사이에는 한국어 배우기 열풍이 일고 있다. 이는 분명 테크놀로지와 관련된 한국의 독창성, K-pop이라고 불리는 한국 대중음악이 이끈 '한류'의 영향과 깊은 관련이 있을 것이다. 젊은이들은 유행하는 한국 노래를 한국어로 부르고 싶어 한다. 파리에 있는 국립동양어문화대학교(INALCO) 한국학과는 프랑스 학생들에게 매우 인기가 높다고 한다.

내가 파리8대학에서 한국 학생들과 함께 나누었던 경험은 언어나 한국 문학이라는 특별 전공 수업에서 이루어진 게 아니었다. 우리가 시도한 일들은 훨씬 더 혼재된 곳, 많은 것이 계획되지 않은 곳에서 이루어졌고, 이루어져야만 했다. 이는 창의력을 키울 수 있는 훌륭한 기회가 된다. 지금 다시 파리8대학으로 돌아가 수업을 해야 한다면 나는 더욱더 과감하게 이러한 방향으로 나아갈 것이다.

나는 조금씩, 프랑스에서 한국 현대문학에 관심을 가지고 살아가는 사람들을 알게 되었다. 자신과 한국과의 관계를 마치 그 누구도 침범할 수 없는 영역처럼 생각하며 지키려고 했던 사람들에 대해서는 말할 필요조차 없다. 그와 반대로, 시간이 지나감에 따라 한국식으로 자연스럽게 함께할 수 있었던 사람들 중에는 노미숙, 알랭 제네티오Alain Génetiot, 편집자 세르주 사프란Serge Safran, 장 노엘 쥬떼Jean-Noël Juttet, 장 클로드 드크레센조Jean-Claude de Crescenzo와 장 벨맹 노엘Jean Bellemin-Noël이 있다. 한국과 관련해 프랑스 사람들과 새로운 관계를 만들고 이어가는 것은 언제나 즐거운 일이다.

프랑스나 유럽을 순회하고 있는 한국 작가가 있으면 나의 학생들과 친구들은 그들을 내 수업에 초대하곤 했다. 그전까지 단 한 번도 경험하지 못한 일이었다.

고은은 그의 번역가 노미숙, 알랭 제네티오와 함께 학교에 와서 세계 각국에서 온 많은 학생 앞에서 시를 낭독했다. 그의 말과 노래를 들은 청중은 열광했다.

소설가 황석영도 왔다. 최미경과 장 노엘 쥬떼의 번역으로 프랑스에 출간된 그의 소설들, 그가 들려준 이야기들을 통해 학생들은 한국의 역사와 삶을 잠시나마 느껴볼 수 있었다.

파리에서 약 100킬로미터 정도 떨어진 도시 오를레앙으로 나를 만나러 왔던 이청준의 작품은 파트릭 모리스Patrick Maurus의 번역으로 악트 쉬드라는 출판사에서 출간되어 있었다. 내 수업을 듣던 학생 중 한 명인 김희균이 이청준과 함께 나의 집을 방문했던 것인데 이 뜻밖의 만남은 사적인 방식으로 계획과 우연이 교차하는 바로 그 순간에 이루어졌다. 당시 이청준은 유럽 순회 중이었다. 나의 집과 정원은 지금도 그날의 저녁을 기억하는 듯하다.

이청준과 세 명의 한국 친구와 나는 그날 저녁부터 밤까지 얼마나 열정적으로 문학에 대해 이야기를 나누었던가! 나무 아래 앉아 밤이 깊어갈 때까지 이야기를 하며 포도주를 마셨다.

다음 날 아침, 우리는 부엌에서 커피 또는 차를 마셨다. 밖에는 비가 촉촉히 내리고 있었다. 흐린 하늘 아래 잠깐 나갔다가 들어온 이청준은 비를 맞아 조금 젖어 있었고, 그의 얼굴은 어떤 기쁨으로 빛이 났다. 부드럽고 아이러니한 미소로 그가 말했다. "인생은 60부터 시작이오."

우리가 처음 만난 그해를 지금도 기억할 수 있는 건 바로 이 문장 덕분이다. 1999년 봄이었다.

20세기 가장 중요한 정치소설 중 하나이자 보편성을 내포한 현실 우화인 『당신들의 천국』을 발견했을 무렵이었다. 나는 불어와 영어로 번역된 이청준의 모든 작품을 찾아 읽었고, 임권택 감독의 영화 「서편제」를 보았다. 이청준의 계획된 유럽 순회, 그 일정 중에 작가에게 부여된 자유가 뜻밖의 만남을 성사시킨 것이다.

교수로 일하면서 많은 시간을 『포에지』라는 잡지를 만드는 일에 쏟아왔고, 여전히 쏟고 있다. 이 잡지는 40여 년 전부터 지금

까지 미셸 드기Michel Deguy가 주관하고 있다.

계획과 우연에 대해 다시 이야기해보겠다. 잡지를 만들 때는 호마다 다른 계획과 우연을 결합할 줄 알아야 한다. 이것은 새로운 작가, 새로운 문학을 소개하는 데 있어 결정적이라고 할 수 있다.

나는 한국 학생들과 위에서 언급한 방식으로 송찬호 시인의 시 몇 편을 프랑스어로 번역했다. 그리고 『포에지』 편집위원 회의가 열리기도 전에 드기에게 「살구꽃」이라는 시를 소개했다. 그의 반응은 뜨거웠고, 내가 더 적극적으로 한국 시를 소개하는 일을 진행할 수 있도록 격려해주었다. 이것이 바로 잡지의 역할이다. 우연한 기회를 재빨리 잡는 것.

『포에지』는 전체 지면을 할애해 20세기 한국 시 특집호를 꾸리기로 결정했다. 이런 방식으로 특집호가 마련된 것은 처음 있는 일이었다. 15년이 지난 지금 그때 만든 잡지를 다시 보면, 그때의 작업이 완벽하지 않았다는 것을 인정하게 된다. 그렇지만 이 잡지의 출간은 뜻밖의 일들을 만들어냈다.

특집호가 나오고 얼마 지나지 않아, 놀라운 편지를 한 통 받았다. 개인적으로 인연이 없었던 프랑스의 위대한 시인이자 번역가인 필립 자코테Philippe Jaccottet가 보낸 것이었다. 그는 나에게 『포에지』에 실린 송찬호 시인의 작품들을 읽고 병상 중에 큰 용기와 희망을 얻었다고 했다.

또 다른 사건이 벌어졌다. 1999년, 한국 시 특집호 발간 후에 내가 뜻밖에도 한국으로부터 초대를 받게 된 것이다. 처음 한국에 갔을 때 수많은 일이 이어졌다. 기자회견, 한국의 많은 시인이 함께했던 『포에지』 특집호 기념 행사 등. 그 소용돌이의 시간 속에서 나는 종종 어지럼증을 느끼곤 했다.

얼마 뒤, 나는 이청준과 김희균을 다시 만나 사흘 동안 자동차 여행을 했다. 그 시간을 세세히 기록해놓은 글을 언젠가 발표할 예정이기 때문에 지금 그 순간들, 낯선 이방인으로서 한국의 산과 사찰, 풍경 들을 발견하며 받은 충격들에 대해 말하지는 않겠다. 그 여행 동안 우리는 잊을 수 없는 많은 이야기를 늦은 밤까지 나누었다. 내가 들은 이야기들은 모두 놀라웠고, 그럼에도 불구하고 때로는 친숙하게 느껴졌다. 이청준은 어린 시절의 무서웠던 기억들을 떠올렸다. 어느 날 저녁, 산속의 텅 빈 식당에서 이야기를 나누던 중에, 불현듯 나는 내가 울고 있다는 것을 깨닫고 부끄러웠다. 이청준은 내게 미소를 지었고, 나는 국그릇에 눈물을 떨구었다. 나는 처음으로 슬픔이 아닌 다른 어떤 각별한 감정으로 비롯된 눈물을 한국이라는 나라에서 흘렸으며, 그 감정이 무엇인지 설명할 수 있는 프랑스어 단어가 내게는 없다.

첫번째 한국 방문 이후 나는 한국에 자주 갔다. 프랑스 친구들은 "너는 잠시라도 연락을 하지 않으면 한국으로 사라져버리는 구나!"라고 말하곤 한다.

이청준이 세상을 떠날 때 나는 서울에 있었다. 그의 장례식에 참석했다. 그가 이 세상을 떠나기 몇 달 전에 그의 건강 상태가 좋지 않다는 것을 알고서 나는 서둘러 그의 작품에 대해, 좀더 정확하게 말하면 그의 작품 속에서 여러 방식으로 들려지는 '노래'에 대한 긴 글을 완성했다. 「삼켜버리는 노래」라는 제목의 그 글은 『포에지』에 발표되었고, 김희균은 이미 많이 쇠약해져 병원에 입원한 이청준을 위해 한국어로 번역해주었다.

박인희(박이문)와의 만남에 대해서도 진작 언급했어야 한다. 몇 년 전, 도쿄에서 열린 학회에서 그를 알게 되었다. 그 후 우리는 한국과 프랑스에서 길고 긴 대화를 이어갔다. 그의 이야기를 들으며 일제강점기, 폭력의 시간에 접근해볼 수 있었다. 고은과 윤동주의 시와 같이, 그의 시에는 한국 역사의 잔혹함을 말하는 피로 물든, '철사'와 같은 시어들이 있다.

프랑스는 한국의 역사를 잘 알지 못하는 것 같다. 그럼에도 한국 영화가 프랑스에서 큰 성공을 거두었다는 게 놀랍기만 하다. 최근까지 프랑스에서의 한국 역사, 한국 사회에 대한 연구는 매우 저조하다. 이는 한국 영화나 음악, 문학의 보급과는 무관한 듯 보인다. 새로운 기획을 통해 다방면적 접근을 해야 한다. 황지우의 소개로 나는 이창동과 인연이 닿아 그와 함께 잠시 일할 기회가 있었다. 그의 모든 영화, 특히 「오아시스」와 「시」는 프랑스에서 큰 사랑을 받고 있다. 나는 「시」가 칸 영화제에 소개되고, 프랑스에서 정식 개봉되었을 때, 특별 출판물을 제작하거나 낭독회나 감독과의 만남 등의 행사들이 마련되지 않은 것에 아쉬움을 느낀다.

내가 여러 차례 한국에 방문하고 때로는 몇 주일 동안 머무를 수 있었던 것은, 한국의 여러 기관들의 관심과 우정 덕분이었다. 그중 한국문학번역원에 근무했던 정진권과의 만남이 결정적이었다. 우리의 우정은 한국과 프랑스에서 여러 형태로 결실을 맺었다. 나는 인간관계가 넓은 그를 통해 프랑스에서 한국 문학과 관련된 일을 하는 프랑스 사람들을 알게 되었다. 그리고 그와 함께 한국과 프랑스의 젊은 번역가들의 협업을 돕기 위한 목적으로 번역 아틀리에를 기획했다.

앞서 말했던 바와 같이, 한국을 방문하며 나는 한국의 훌륭한 시인을 많이 만났다. 여러 해 전부터 프랑스와 한국에서 함께 일을 해온 주현진의 도움으로 황지우와 김혜순을 만났고, 그들은 곧 나의 가까운 친구들이 되었다.

그리고 다시 새롭게, 한국 현대시 특집호를 준비해야 할 시간이 되었을 때 문학평론가 정과리 교수의 역할은 결정적이었다. 그가 특집호에 실릴 「한국현대시선」 부분의 책임을 맡아 진행해주기로 한 것이다.

특집호를 준비하는 데에는 시간이 오래 걸렸다. 프랑스에서 모든 것을 혼자 해야만 했다. 파리에서 번역가 김현자가 우리와 함께하기는 했지만. 2011년, 우리는 몇 달 동안 집중적으로 작업을 진행했다. 그리고 2012년 봄, 약 300페이지 분량으로 황지우의 사진과 정현종의 글씨가 실린, 한국 시 특집호가 출간되었다.

이 특집호를 지원해준 대산문화재단의 도움으로 우리는 여러 기념 행사들을 준비할 수 있었다.

2012년 6월 특집호 출간 직후, 김혜순, 황지우, 강정, 곽효환, 정과리가 프랑스에 도착했다. 낭독회는 웅장한 샤보르성에서 시작해서, 파리와 오를레앙, 그리고 스위스 제네바의 장 자크 루소의 집까지 이어졌다.

다시 공항으로 가기 전, 8일 동안의 여정을 함께해온 우리 팀은 제네바의 오래된 집들 사이, 오르막길을 걸었다. 그중 가장 젊은 사람들이 앞장서 걸었고, 넓은 회색 빛깔 벽을 마주하고 있는 회색 빛깔 계단에서 그들보다 좀더 천천히 뒤에서 걸어오는 이들을 기다렸다. 돌계단에 앉아 있던 강정의 발 쪽으로 황지우가 자신의 매우 동양적인, 천 모자를 던졌고 모자는 하늘을 향해 떨어졌다. 장난스럽게 나는 모자 안으로 동전을 던졌다. 그러자 시인이자 로커인 강정이 노래를 부르기 시작했다.

나는 그때의 순간들을 한국 시 특집호 다음에 나온 『포에지』 141호에 「지난 호를 끝내지 않기 위해」라는 제목의 글에 담아 발표했다. 나는 특집호 한 권에 시를 발표하는 것만으로는 충분할 수 없다고 썼다. 다양한 방법으로 시를 알릴 수 있는 길을 찾아야만 한다. 길은 새롭게 만들어져야 하고 구체화되어야 하기에 지금 여기에서 어떤 방법들로 그 길을 가야 하는지 자세하게 설명할 수는 없지만, 길은 계속되어야 한다.

『포에지』는 지속적으로, 여러 지면에 걸쳐 한국 시를 소개할 것이다.

다양한 곳에서 온 다른 여러 텍스트들과 함께 한국 시가 정기 간행물로 발표되는 것은 중요하다. 우리가 '세계화'라고 부르는 것 그것과 함께 살아가는 방법 중 하나이다. 시는 어디에서든지 주류가 되지 못하지만, 시 잡지는 세계를 향한 문이 될 수도 있다. 시는 지금-여기에서 가장 긴급한 문제들, 세상의 혼란에 대해 말할 줄 알기 때문이다.

　제주도에서 열린 한 예술 축제에서 남아프리카 젊은 여성 시인 한 명과 나이지리아 남성 시인 한 명을 만났다. 이후에도 연락이 이어진 나이지리아 시인과 어쩌면 미래에 무엇인가를 함께 할 수 있을지도 모르겠다.
　한국, 나이지리아, 프랑스 시의 세계에서 관계는 그물망처럼 계속 만들어진다. 그러기에 두 작가, 두 나라, 두 언어로는 충분하지 않다. 다양하게 확대되는 유동적인 관계가 형성되어야 한다. 그 관계가 종이 출판의 형태로만 이루어져야 하는 것은 아니다. 오늘날 인터넷은 필수 도구가 되었다. 인터넷 사이트나 블로그는 시의 여행을 돕고, 이 시대의 어려움과 복잡성에 대해 논의할 수 있게 한다. 필요에 따라 우리는 영상 매체의 도움도 받아야 할 것이다.

　인터넷 사이트를 통해 나는 한국의 시와 문학 전반에 대한 정보를 얻을 수 있었고, 다른 여러 나라에 살고 있는 한국 사람들의 작품 활동에 대해서도 알게 되었다. 앞으로 더욱더 탐색할 부분이며 프랑스에 알려야 하는 부분이기도 하다. 미국의 한 강연에서 만났던 곽유나의 도움으로 나는 『포에지』 한국 시 특집호에 미국에 사는 한국 작가들을 소개할 수 있었다.

　운이 좋게도 내가 직접 참여할 수 있었던 일련의 일들을 몇 가지 떠올려보았다. 그 모든 일은 분명 미래를 향하고 있다. 그 일들을 창의적으로 해내기 위해서는 계획된 것과 예측할 수 없는 것을 기쁨으로 연결해야 한다.

어쩌면 내가 『포에지』에 대한 이야기를 너무 많이 했는지도 모르겠다. 한국 시인들의 작품을 소개한 『라 누벨 르뷔 프랑세즈 *La Nouvelle Revue Française*』『유럽 *Europe*』, 여러 호에 걸쳐 한국 문학을 다룬 『라 르뷔 데 두 몽드 *La Revue des deux mondes*』와 같은 잡지들, 그리고 물론 『카이에 드 라 코레 *Cahiers de la Corée*』와 벤자맹 주아노 Benjamin Joinau에 대해서도 언급해야 한다. 또한, 『포에지』는 『글마당 *Keulmadang*』과 같은 잡지와 좀더 지속적인 관계를 이어가야 할 것이다.

중요한 문제 중의 하나가 바로 프랑스 출판사이다. 한국 문학, 특히 한국 시를 출판한 모든 출판사들을 열거하려는 것은 아니지만, 『포에지』를 출간하는 블랭 출판사에서 고은과 이성복의 시집이, 시르세 출판사에서는 조정권과 이성복의 시집이 출간되었다는 것을 언급해볼 수 있다. 이마고 출판사는 다양한 한국 책을 소개했고, 한국 소설의 경우는 악트 쉬드와 줄마에서 많이 출간되었다.

한국 문학에만 집중하는 출판사나 컬렉션을 중심으로 한국 작품을 소개하는 것이 바람직할까? 아니면 갈리마르에서 나온 김훈의 『칼의 노래』의 경우처럼 프랑스나 세계 다른 나라의 문학 작품들을 소개하는 출판사의 일반적인 컬렉션을 통해서 출간하는 것이 좋을까?

앞으로 나의 계획에 대해 몇 마디를 덧붙여본다. 15년 전에 시작된 한국과의 인연, 한국의 관대함에 답할 수 있는 나만의 소박한 계획들이다.

한국에서의 경험, 한국 문학작품의 독서를 통해, 내가 쓰기 시작했던 텍스트들을 다시 꺼내서 완성하고 싶다. 정신분석학 연구자들을 위한 시와 증언에 대한 강연에서 황지우의 시를 분석한 적이 있는데 다시 그 문제에 대해 다루고 싶다. 그리고 지금 주현진과 번역 중인 김혜순의 작품에 대한 글도 시작했다. 강정의 시에 대해서도, 프랑스어로 이미 번역된 이인성의 전위적인 소설에 대해서도 쓰고 싶다.

수년 동안 쌓아온 방대한 양의 메모를 바탕으로 나의 독서와 경험을 담아낼 수 있는 책을 한 권 쓸 계획이다. 위험 요소가 없는 것은 아니다. 내가 한국에서 겪은 일들과 한국 작가들과 나눴던 이야기들, 나의 추억들을 어떻게 남용하지 않을 수 있을까?

몇 달 전에 서울에서 김혜순과 이야기를 나누다가 문득 한국 친구들과 사적으로 나눈 이야기들을 다시 말할 수 있는 권리가 내게 있는지에 대해서 스스로 생각해보았다. 그리고 말했다.

"나는 나의 충동적인 말들이 의심스럽고, 갑자기 내가 무엇을 하고 있는지에 대해 생각하게 되며, 때로는 나를 믿지 못합니다."

그러자 김혜순은 자유롭고 관대하며 놀라운 답을 내게 주었다.

"당신이 당신 자신을 믿지 못하기에 나는 당신을 믿습니다."

김혜순의 허락을 받고 이 자리에 그녀의 말을 싣는다.

불 꺼지는 소리가 무섭소

- 이청준, 『이어도』(문학과지성사, 2015) : *L'île d'ido*, traduit du coréen par Ch'oe Yun et Patrick Maurus, Actes Sud, 1993.

- 『당신들의 천국』(문학과지성사, 1976) : *Ce paradis qui est le vôtre*, traduit du coréen par Ch'oe Yun et Patrick Maurus, Actes Sud, 1999.

- 『서편제』(문학과지성사, 2013) : *Les gens du sud*, traduit du coréen par Kim Jung-sook, Arnaud Montigny, Yang Jung-hee, Ch'oe Yun, Patrick Maurus, Actes Sud, 2007.

세상의 습곡이여, 기억의 단층이여

- 윤동주, 『하늘과 바람과 별과 시』(정음사, 1948) : *Ciel, vent, étoiles et poèmes*, traduit du coréen par Kim Hyeon-ju et Pierre Mésini, Autres temps, 1997.

- 김수영, 『김수영 전집』(민음사, 1981) : *Cent poèmes*, traduit du coréen par Kim Bona, William Blake & Co., 2000.

- 조지훈, 『詩—조지훈 전집 1』(나남출판사, 1997) : *La grue*, traduit du coréen par Kim Hyeon-ju et Pierre Mésini, Autres temps, 2003.

- 황지우, 『새들도 세상을 뜨는구나』(문학과지성사, 1983) : *De l'hiver-de-l'arbre au printemps-de-l'arbre: cent poèmes*, traduit du coréen par Kim Bona, William Blake & Co., 2006.

- 이성복, 『남해금산』(문학과지성사, 1986) : *Des choses qui viennent*

après la douleur, traduit du coréen par No Mi-sug et Alain Génetiot, Belin, 2005.

- 이가림, 『순간의 거울』(창작과비평, 1995): *Le front contre la fenêtre,* traduit du coréen par Cho Byung-joon, Blandine Contamin et Patrick Maurice, L'Harmattan, 1997.

그 속에 잠시 머물다가 타버린

- 이상, 「오감도」(태학사, 2013) *Plan à vol de corbeau,* traduit du coréen par Shim Cori et Jean-Yves Darsouze, Public Underground, 1999 ; rééd., La Barque, 2019.
- 이상, 「선집」(태학사, 2013) *Cinquante poèmes-Les ailes,* traduit du coréen par Kim Bona, William Blake & Co., 2003.
- 이상, 「오감도」(태학사, 2013) *Perspective à vol de corneille,* traduit du coréen par Son Mihae et Jean-Pierre Zubiate, Zulma, 2004.
- 이상, 「날개」(민음사, 2012) *Les ailes,* traduit du coréen par Son Mihae et Jean Pierre Zubitae, Zulma, 2004.
- 이상, 「수필집」(태학사, 2013) *Écrits de sang,* traduit du coréen par Son Mihae et Jean-Pierre Zubiate, Imago, 2011.
- 이상, 「공포의 기록」(태학사, 2013) *L'inscription de la terreur,* traduit du coréen par Ju Hyounjin, Tiphaine Samoyault et Claude Mouchard, Les Petits Matin, 2012.

불란서에 가더라도

- 황지우, 『저물면서 빛나는 바다』(민음사, 1985): *De l'hiver-de-l'arbre au printemps-de-l'arbre: cent poèmes,* traduit du coréen par Kim Bona,

William Blake & Co., 2006.

- 김초혜, 『어머니』(한국문학사, 1988): *Mère*, traduit du coréen par J. Byon Ziegelmeyer, édition bilingue, L'Harmattan, 2000.

- 김소월, 『진달래꽃』(범우사, 2002): *Fleurs d'azalée*, traduit du coréen par Kim Hyeon-ju et Pierre Mésini, Autretemps, 1998.

고요히 세상을 엿듣고 있다

- 기형도, 『입 속의 검은 잎』(문학과지성사, 1989): *Une feuille noire dans la bouche*, traduit du coréen par Ju Hyounjin et Claude Mouchard, Circé, 2012.

- 김지하, 『타는 목마름으로』(창작과비평사, 1993): *Éclosion*, traduit du coréen par Choi Kwon Hang et Charles Juliet, lavis de Bang Hai Ja, Voix d'encre, 2006.

복숭아나무라는 예민한 사건

- 나희덕, 『사라진 손바닥』(문학과지성사, 2004): *Le ver à soie marqué d'un point noir*, traduit du coréen par Kim Hyun-ja, Cheyne, 2017.

미쳐버리고 싶은, 미쳐지지 않는

- 이인성, 『미쳐버리고 싶은, 미쳐지지 않는』(문학과지성사, 1995): *Interdit de folie*, traduit du coréen par Choe Ae-young et Jean Bellemin-Noël, Imago, 2012.

입속에서 굵은 모래가 서걱거렸다

- 신경숙, 『외딴방』(문학동네, 1995): *La chambre solitaire*, traduit du coréen par Jeong Eun-Jin et Jacques Batilliot, Philippe Picquier, 2010.

- 황석영, 『오래된 정원』(창비, 2000): *Le vieux jardin*, traduit du coréen par Jeong Eun-Jin et Jacques Batilliot, Zulma, 2010.

- 『심청, 연꽃의 길』(문학동네, 2007): *Shim Chong, fille vendue*, traduit du coréen par Choi Mikyung et Jean-Noël Juttet, Zulma, 2010.

- 김영하, 『검은 꽃』(문학동네, 2003): *Fleur noire*, traduit du coréen par Lim Yeong-hee et Françoise Nagel, Philippe Picquier, 2007.

- 이승우, 『식물들의 사생활』(문학동네, 2014): *La vie rêvée des plantes*, traduit du coréen par Choi Mikyung et Jean-Noël Juttet, Zulma, 2006.

내가 그 바다에서 걸어나올 시각

- 김혜순, 『당신의 첫』(문학과지성사, 2008): *Ordures de tous les pays, unissez-vous!*, traduit du coréen par Ju Hyounjin et Claude Mouchard, Circé, 2016.

유령들

황지우의 시구에서 제목을 빌려온 『다른 생의 피부』는 파리 8대학에서 프랑스 문학과 비교문학을 가르쳤던 클로드 무샤르 교수가 한국 문학작품에 관해 쓴 글들을 모은 책이다. 시인이 자 문학평론가이며 1977년 미셸 드기에 의해 창간된 시 전문지 『포에지Po&sie』의 편집위원인 그는 1990년대 후반 한국 유학생 들을 통해 한국 문학을 발견한 후, 한국 작가들과 다양한 방식으 로 친밀한 교류를 나누며 미지의 문학에 대한 관심과 애정을 키 워갔다. 국제사회에서 한국의 위상이 오늘날과 같지 않았던 당 시, 극히 적은 수의 한국 작품만이 프랑스어로 번역되어 있었 고, 그러한 상황에서 그가 보여준 열정은 매우 특별했다. 한국어 를 하지 못함에도 한국 제자들과 함께 적극적으로 한국 시를 번 역해 소개하며, 한국 문학을 프랑스에 알리는 일에 힘쓴 것이다. 특히 1999년과 2012년에는 『포에지』를 통해 한국 시 특집호를 발간하기도 했다.

기존에 발표된 글과 미발표 글이 부분적인 수정과 보완을 거쳐서 한 권의 단행본으로 엮였다. 번역 원고를 준비하는 일은 마치 흩어지는 목소리를 모으는 것 같았다. 전달 받은 글 중 일부는 여전히 쓰는 중인 듯했고, 무샤르가 같은 글을 계속해서 수정한 흔적들을 곳곳에서 발견할 수 있었다. 이에는 여러 이유가 있겠지만, 아마도 글이 끝나지 않았거나 끝낼 수 없었거나 끝내고 싶지 않았을 수도 있을 것이다. 무엇인가에 사로잡힌 어떤 웅얼거림과 같은 그의 목소리가 때론 "책을 아주 느리게 읽는 듯한 소리, 멀리서 웅얼거리면서 말하는 소리, [……] 혼잣말 소리"[1]에 가까워지곤 했다.

그의 이야기를 듣고 있으면 우리가 어쩌면 시공간을 초월하는 보이지 않는 어떤 선들로 서로 이어져 있을지도 모른다는 생각이 들었다. 파리와 오를레앙을 오가며 그에게서 많은 이야기를 들을 수 있었는데 그는 오를레앙의 집에서 나를 맞을 때면, 자신의 집을 방문한 한국 작가들, 특히 이청준에 대해 이야기하기를 좋아했다. 그는 매번 처음 말하는 것처럼 이청준과의 만남을 이야기했고, 나는 매번 처음 듣는 듯 그가 하는 이야기를 들었다. 내가 앉은 자리에 이청준이 앉았다고 했다. 그러면 그의 아내 엘렌은 이청준의 이름을 어떻게 발음하는지 한 번 더 확인한 뒤, 그날의 일을 천천히 떠올렸다. 이청준, 책으로만 알고 있는, 한 번도 만난 적 없는 그 유명한 작가가 나와 다른 시간에, 같은 장소에서, 그것도 한국에서 아주 멀리 떨어진 이국의 도시에서,

---

1   배수아, 『알려지지 않은 밤과 하루』, 자음과모음, 2013, p. 10.

지금 내 앞에 있는 사람들과 같이 한국어와 불어로 이야기를 나누었을 시간을 생각하니, 어느새 이청준의 유령이 옆에 와 우리와 함께하는 느낌이 들었다. 사실, 유령들은 어디서든지 만날 수 있었다. 나는 내가 없던 시간의 이야기를 생생하게 들려주는 그의 목소리를 따라, 그와 소중한 인연을 나누었던 혹은 나누다가 헤어졌던 한국 작가들의 (생의) 시간 속으로 빠져들었다.

번역하는 과정에서 한국 문학작품 인용 부분을 한국어로 찾아내는 일은 간단치 않았다. 무샤르가 읽은 것은 한국어로 쓰인 글이 아니라 번역된 글이었기에 원문과 번역본을 찾아 비교하는 작업이 필요했다. 번역 글의 제목이나 쪽수 등이 명시되지 않은 경우, 특히 소설은 많은 시간을 요구했다. 번역 작품을 처음부터 읽으며 인용 문장의 위치를 파악하고, 다시 한국어로 된 원작을 확인하는 과정을 거쳐야 했기 때문이다. 이는 꽤 곤혹스럽기도 했지만, 한국 문학을 프랑스어로 옮기는 작업을 하는 내게 소중한 시간이었다. 한국 시, 한국 소설이 언제, 어떻게 번역이 되었는지 아주 가까운 곳에서 살펴볼 수 있었고, 여러 번역가의 고민과 노력, 번역에 대한 한계와 가능성을 엿볼 수 있었다. 나 스스로에게도 많은 질문을 던져볼 수 있는 시간이었다. 또한 한국 문학작품을 새롭게 읽을 기회였다. 스무 살에 읽었던 작가들의 작품을 다시 읽으며 이전에 내가 어떤 의미에서 아무것도 읽지 못했다는 것을 알게 되었다. 물론 그사이에 많은 시간이 흘렀기 때문일 것이며, 나와 한국어와의 관계가 달라졌기 때문일 것이다. 한국어와 이별해본 적이 있는 나는 다시 새롭게 한국어를 만날 수 있었다.

불을 켜면 사라지는 어둠, 또는 불을 끄면 달아나는 불빛처럼, 인용 부분 각주에 있던 한국 문학작품의 프랑스어 제목과 번역가의 이름이 한국어로 옮겨지면서 사라졌다. 무샤르는 그가 읽고 생각한 것들이 엄밀한 의미에서는 번역과 관계된 것이기에 한국어로 읽으면, 그것들이 의미를 잃게 되지 않을까 걱정이 된다고 했다. 그의 우려는 합당하지만 진정한 의미에서는 우려라고 할 수 없을 것이다. 한국뿐 아니라 다른 여러 나라의 문학작품 공동 번역 작업에 참여했던 그는 그 누구보다도 두 언어 사이에서 일어나는 비밀들에 대해 잘 알고 있었을 것이다. 한 언어에서 다른 언어로 옮겨질 때면 신비한 일들이 일어나는데, 갑자기 보이던 것이 안 보이게 되며 안 보이던 것이 보이게 된다. 번역가는 그 사이에서 말을 골라 찾아내며, 유령이 되어 길을 찾는다. 많은 사람의 생각과는 달리 그 일은 전혀 자연스럽지 않으며, 종종 불안과 분열 등이 동반되며 두 언어 사이에서 길을 잃을 수도 있다. 그 때문에 언제나 두렵지만, 매혹적이며, 새로운 길을 만들어갈 수 있게 한다.

번역을 맡겨주신 무샤르 선생님, 책이 나오기까지 애써주신 문학과지성사 여러분, 윤소진 편집자님, 이근혜 주간님, 이광호 선생님께 감사드린다. 추천의 글을 써주신 정과리 선생님과 늘 믿고 격려해주시는 나의 김혜순 선생님께도 감사의 말씀을 드리고 싶다. 그리고 가족들에게 고마운 마음을 전한다.

2023년 1월
구모덕